ひとつ屋根の下、亡兄（あに）の婚約者と恋をした。

author
柚本悠斗
illust. 木なこ

「これからよろしくね♪」

美留街 志穂
みるまち しほ

「三年ぶりに
着てみたんだけど、
どうかな？」

「新しいアルバイトの方でしょうか？」
彼女はあられもない姿を
隠そうともせず、
とても丁寧な言葉で尋ねてきた。

和代 帆乃香
わしろ ほのか

CONTENTS

Hitotsu yane no shita, ani no konyakusha to koi wo shita.

ひとつ屋根の下、亡兄(あに)の婚約者と恋をした。

柚本悠斗

GA文庫

カバー・口絵・本文イラスト
木なこ

プロローグ

兄が亡くなった日から二年が経った、穏やかな春の日。

今日は僕らの夢だった喫茶店こと『子猫日和』の開店日。

庭にある満開の桜が祝福するように花びらを散らす中、僕は築八十年を超える平屋の古民家をリフォームして作った店舗を前に、一人感慨深い気持ちで眺めていた。

兄の夢を知った日から今日まで、あまりにも色々なことがあった。

だけど思い出を振り返るには、まだ少しだけ早い。

「そろそろ来る頃かな……」

スマホを取り出して時間を確認すると、朝の八時を過ぎたところ。

お店を開けるにしては早い時間に足を運んだのは、開店準備をするためではなく、思い出を振り返るためでもなく、ましてや感傷に浸る時間が欲しかったわけでもない。

僕は今、想いに決着をつけるためにここにいる。

「いよいよオープンだね」

不意に穏やかな風に乗って聞こえてきた声が耳をくすぐる。

　振り返ると、そこには笑みを浮かべて佇んでいる女性の姿があった。

「あれから二年か……長いようで、あっという間だったね」

　女性は風になびく長い髪を押さえながら過去に想いを馳せる。

　その想いは僕も一緒だった。

「そうですね……でも二年で開店できたのは志穂さんのおかげです。兄さんが亡くなった後、志穂さんが僕を支えて、兄の夢を叶えるために協力してくれたからです」

「そんなことない。二人で一緒に頑張ってきたからだよ」

　志穂さんの言う通り、僕らは紆余曲折ありながらも二人で頑張ってきた。

　その全てを語るにはあまりにも時間が足りないから今はやめておくけど、亡き兄の夢を叶えるために、僕と兄の婚約者である志穂さんは今日まで共に歩んできた。

　何度も躓きながら、それでも歩み続けた末に今がある。

「ようやく今日、夢が叶うんだね……」

　志穂さんは噛みしめるように言葉にする。

「でも、夢を叶えて終わりじゃありません」

　これで終わりではなく、ここから先は夢の続き。

「今日が新たなスタート。だから、その前に伝えたいことがあるんです」

「それが私を朝早くに呼び出した理由かな？」

「はい」

それは、二年かけて折り合いをつけてきた自分の気持ち。

誰（だれ）からも祝福されないとわかっていながら、一度は自分の気持ちに嘘（うそ）を吐こうとしたこともあったけど、それでも誤魔化（ごまか）すことができないほどに膨れ上がった想い。

僕は志穂さんの瞳（ひとみ）を真っ直（まっす）ぐに見つめながら言葉を紡（つむ）ぐ。

「僕は――」

それは僕にとって、生まれて初めての告白。

この告白を以って『兄の婚約者』と『婚約者の弟』という関係に終止符を打つ。

お互いにとって誰かの代わりではなく、唯一無二の大切な人になるために。

図らずも今日に至るまでの日々が走馬灯のように頭をよぎる。

これは、好きになってはいけないと思いながらも兄の婚約者に恋をした僕が、兄の夢を叶えるために二人で協力し、やがて夢を叶えて想いを告げるまでの日々の記録。

同じ痛みを知る僕らが葛藤を抱えながらも、やがて心を通わせていく物語。

一話　兄の婚約者だった人

Hitotsu yane no shita, ani no konyakusha to koi wo shita.

兄が亡くなったのは、僕が高校二年になった春。

街並みを美しく彩(いろど)った桜が徐々に散り始めた、四月上旬のことだった。

死因は病死——もう少し具体的に言えば、若い人には珍しい膵臓癌(すいぞうがん)だった。

兄は二十四歳で帰らぬ人となったけど、二十代で発症するのは極めて稀(まれ)らしい。

また膵臓癌の特徴として症状が出にくいこともあり早期の発見が難しく、兄も例に漏(も)れず発見が遅れてしまい、気づいた時には手遅れだったそうだ。

発覚したのは去年の十二月で、その時点で余命四ヶ月。

治療に専念しても一年と言われたらしい。

そうだとか、らしいとか、まるで知らなかったような物言いに聞こえるかもしれない。

事実その通り、僕は兄が亡くなる少し前まで病気のことを知らされていなかった。

兄は癌を隠して働き続け、告白した直後に入院し一ヶ月半後に亡くなった。

なぜ治療を受けず、ギリギリまで働き続けたのか？

兄は最後まで笑顔ではぐらかしていた。

だけど理由は明らかで、それは僕らに両親がいないから。

両親は僕が三歳の時、僕と兄を親戚に預けて出かけた帰りに交通事故で亡くなった。

その後、僕らは母方の叔父に引き取られたんだけど、兄が高校を卒業して就職したのを機にアパートを借りて二人暮らしを始めて以来、もう六年近く連絡を取っていない。

つまり頼れる人がいないから、兄は残される僕のために働き続けた。

助からない命なら最後まで働いて少しでも多くお金を残そうと。

残された時間をどう生きるかは本人の自由だと思う。

でも僕は……一日でも長く生きていてほしかった。

唯一の家族だからという理由はもちろん、むしろそれ以上に、兄を大切に想(おも)ってくれている女性のために、助からないとしても治療に専念して長く生きてほしかった。

その想いは最後の別れの時を迎えた今この瞬間も変わらない。

「稔(みのる)君……」

お葬式の参列者の方々が帰った後。

静まり返った葬儀場の一室に穏やかな声が響いた。

「健(たける)とのお別れは済んだ?」

振り返ると、そこには喪服に身を包んだ成人女性の姿。

彼女は美留街志穂(みるまちしほ)さんといい、僕の兄――七瀬(ななせ)健の婚約者。

いや……正確には婚約者だった人。

兄が癌であることを知っていた唯一の人で、最後まで兄を支え続けてくれた女性。

兄が亡くなった直後、現実を受け入れられずにいた僕の代わりに志穂さんが手続きや葬儀場の手配を全部やってくれたおかげで、こうして兄を見送ることができている。

だけど――。

「嘘みたいですよね……」

思わず漏れたのは、そんな言葉。

「こんなに穏やかな表情で、ただ眠っているだけで今にも起きそうに見えるのに、二度と目を覚まさないなんて。もう兄さんの声を聞くことができないなんて……」

頭では理解しているのに、未だに心が追いつかず現実感がない。

闘病後とは思えないほど綺麗な顔をしているのは死化粧のおかげだとわかっていても、今にも目を覚まし、いつもの無邪気な笑顔を浮かべて話し出すのではないかと期待してしまう。

それくらい兄の顔は美しく、でも冷たかった。

「どうしても信じられないんです……」

受け入れることを拒んでいるからだろう。

兄が亡くなってから三日、まだ涙の一滴すら流していない。

よく大怪我をするとアドレナリンが過剰に分泌されて痛みを感じなくなるなんて聞くけど、

耐えられないほどの悲しみを感じると、心も麻痺(まひ)したりするんだろうか？

まるで感情を失ったように心は動かず、死んだのは兄ではなく自分の方だと勘違いするほどに想いは熱を失い、血管を流れる血液が冷水に入れ替わったように全身が凍えている。

瞳(ひとみ)を閉じたら二度と目を覚まさず、深い闇(やみ)に沈んでいくような感覚。

そのせいで兄が亡くなってから、まともに寝られていない。

「兄さんの死を受け入れた瞬間、僕は一人に――」

兄が亡くなった後、初めて『死』という言葉を口にした瞬間だった。

不意に湧(わ)き上がる感情に、心が握(にぎ)り潰(つぶ)されるような痛みを覚えて声がかすれる。

心に痛覚なんてあるはずがないのに、どうしようもなく心が痛くて我慢できない。

おおよそ言葉で形容できる全(すべ)ての負の感情を混ぜ合わせたような苦しみに襲われ、今にも心が砕け散りそうになるのを堪えようと、きつく目を閉じた瞬間だった。

「大丈夫――」

直後、優しく穏やかな声が耳に届いた。

「稔君を一人になんてさせない」

まるで背中に木漏れ日(こもれび)を浴びているような温(ぬく)もりに包まれる。

それまで色を失っていた世界が再び彩りを取り戻すような感覚。

ゆっくり目を開けると、僕は後ろから志穂さんに抱き締められていた。

「稔君は一人じゃない。
私がずっと一緒にいるよ――」

心まで一緒に抱き締められたような気がした。

「これからは私が健の代わりに傍にいる」

「志穂さん……」

思わず縋るように志穂さんの腕にしがみ付く。

「私たちは大丈夫。私が健の代わりになるから安心して」

大丈夫——繰り返される言葉が、凍りついていた心を溶かしていく。

張り詰めていた緊張の糸が切れ、心の底から溢(あふ)れてくる感情を抑えられない。

自覚するよりも早く涙が溢れて頬(ほお)を伝い、自分が涙を流していると気づいた時にはもう堪えることはできず、まるで決壊したダムのように想いが声となって部屋に響く。

僕は生まれて初めて誰(だれ)かの前で涙を流してしまった。

*

兄のお葬式から一週間が経(た)った土曜日の朝。

僕はリビングの片付けをしようと、久しぶりに朝早くから起きていた。

というのも、兄が亡くなってから慌ただしくしていたことや、その後なにも手につかない生活を送っていたせいで、リビングが目も当てられないくらい荒れていたから。

服は脱ぎ散らかし、飲み終わったペットボトルはその辺に放置。

洗濯物は外に干したまま取り込んでいないから洗い直さないといけないし、ゴミを出そうにも分別をしていない。キッチンも当然、シンクは浸け置いた食器でいっぱいだった。

我ながら、見るも無残な光景という言葉が相応(ふさわ)しいと思う。

普段は綺麗にしているだけに余計に悲惨な有様だった。

「なんて言っても、さすがにこの状況じゃ信じてもらえないよな……」

誰に説明するわけでもないけど、酷(ひど)すぎて言い訳の一つもしたくなる。

汚部屋で生活する人の代わりに大掃除をするテレビ番組を見る度に、どうしてあんなことになってしまうのか理解できずにいたけど、今なら当人の気持ちがよくわかる。

人は極度の精神的な負荷を負うと、なにも手につかなくなるらしい。

「だからって、こんな部屋に住み続けるわけにもいかないか」

担任教師に事情を話して学校を休ませてもらったのは今週いっぱい。

兄が亡くなった四月五日は始業式前だったから、まだ高校二年になって一日も学校に登校していない。さすがにこれ以上休むのは今後の学校生活に支障をきたしかねない。

週末のうちに片付けを済ませ、規則正しい生活を取り戻したかった。

「これは大掃除だな……」

この際だから他の部屋も掃除しようと重い腰を上げる。

大容量のポリ袋を持ってきて、目につくゴミを手あたり次第に詰めていく。

いくら荒れているとはいえ、いつもなら掃除に丸一日も掛けることはないけど、正直に言えば一日どころか土日の二日をフルに使っても終わる気がしない。

理由は二つあり、一つは気分が上がらずペースも上がらないから。

もう一つは、この部屋がメゾネットタイプの3ＬＤＫとかなり広いから。

兄と二人暮らしで3ＬＤＫは広すぎると思われるかもしれないけど、この部屋を借りた時、すでに兄と志穂さんは婚約済みで、結婚したら三人で暮らすことが決まっていた。

だから自分たちの部屋が持てるように三部屋ある物件を借りたんだけど……。

三人での新生活は実現せず、今後は僕一人で暮らしていくことになった。

「この先……この広い家に一人で？」

呟いた瞬間、改めて部屋の広さを実感すると同時に孤独感に襲われる。

ダメだ、考えるな――必死に自分に言い聞かせるけど、言い聞かせている時点で考えてしまっているわけで……寄せては返す波のような悲しみに再び心が蝕（むしば）まれていく。

こうして悲しみに沈んでいくのは、もう何度目のことかもわからない。

頭を振ってネガティブな感情を振り払おうとした時だった。

不意にインターホンが鳴り響いて我に返った。

「……来客？」

リビングの壁掛け時計に目を向けると九時を過ぎたばかり。

こんな朝から誰だろうと思いながら玄関に向かい、おもむろにドアを開ける。

「稔君、おはよう！」

思わず顔をしかめたのは差し込む太陽の光のせいか。

それとも目に飛び込んできた笑顔のせいか。

「……志穂さん？」

そこには朝日を背に笑みを浮かべる志穂さんの姿があった。

改めて、彼女の名前は美留街志穂といい、亡き兄の婚約者だった人。

背中まで下ろした長い髪と、明るく人懐っこい笑顔が印象的な大人の女性。

兄と三つ歳（とし）が離れていて二十一歳。兄が勤めていた地方新聞社の悠香（ゆうか）さんという後輩女性が志穂さんの高校の同級生で、その人に紹介されて知り合い、交際を始めて一年半――。

二周年を迎える今年の十月に結婚して一緒に暮らすはずだった人。

「突然ごめんね。寝てたよね？」

「いえ、起きてましたけど……」

「それならよかった」

志穂さんは安堵（あんど）に表情を緩ませながら長い髪を耳にかき上げる。

その右手の薬指には、兄からプレゼントされた婚約指輪が輝いていた。

「こんな朝からどうしたんですか？」

「詳しいお話は後でするから、とりあえず荷物を入れちゃうね」

「荷物を入れちゃうね？」

「長時間トラックが停まってると、ご近所さんに迷惑だから」

なんの話かと尋ねるよりも早く志穂さんは振り返り。

「お待たせしました。荷物の搬入をお願いしまーす！」

外にいる誰かに向かい大きな声でそう伝える。

話が見えず玄関を出ると、家の前には大きなトラックが停車中。

トラックの荷台に書かれた文字を見た瞬間、まさかの可能性が頭をよぎる。

まさかもなにも、そこには大きな文字で『引越社』と書かれていた。

「ちょ、ちょっと待ってください――！」

なんて言ったところで待ってもらえるはずもない。

志穂さんはスタッフさんと話しながら勝手知ったる感じで家に上がる。

それもそのはず、志穂さんは兄の生前、毎週と言っていい頻度で遊びに来ていた。

なんならこの部屋を借りる際も、僕と兄と三人で不動産屋を見て回ったくらい。一緒に暮らす予定だったんだから当然だけど、なかなかいい部屋が見つからずに苦労したっけ。

あれからもう半年近く経ったのかと思うと懐かしい……。

いやいや、今は懐かしがっている場合じゃない！

「志穂さん――」

僕は志穂さんの後を追って家に上がる。

すると志穂さんはリビングの惨状を見て固まっていた。

「あらら。稔君にしては珍しく派手にやっちゃったねぇ」

「……すみません」

怒られているわけでもないのに思わず謝る僕。

なんだか親にいたずらがバレた子供のような気分。

「私も手伝うから、荷物を運んでもらってる間に片付けちゃおう」

志穂さんは袖をまくるとポリ袋を手にゴミを片付け始める。

聞きたいことはあるけど、今さら騒いだところで状況は変わらない。

とりあえず志穂さんの言う通り、僕たちは二人でリビングの掃除を始めた。


その後、一時間も掛からずに荷物の搬入は終わった。

スタッフさんは『段ボールは多かったけど、冷蔵庫や洗濯機などの家電製品がないから楽でした！』と言っていたけど、それにしたって手際がよすぎるあたりさすがはプロ。

ちなみにリビングの掃除はというと、まだ終わっていない。

引っ越しが終わった後も二人で掃除を続けていたけど終わりが見えず、とりあえずリビングだけは片付いたので、切りのいいところで手をとめて事の経緯を伺うことに。

薄々状況は理解しているけど、志穂さんの口から説明してほしい。

僕はキッチンで二人分の紅茶を淹れてからリビングに戻る。

すると志穂さんは部屋の隅にある小さな仏壇の前に腰を下ろしていた。

この仏壇は亡き両親のために兄が就職してから用意したもので、今は両親の遺影と共に兄の遺影も飾られ、隣には兄の遺骨が納められている桐箱が置かれていた。

「…………」

志穂さんはお線香をあげると、ゆっくりと瞳を閉じて手を合わせる。

今まで浮かべていた無邪気な笑顔とは違う、凛とした横顔に思わず見惚(みと)れた。

志穂さんは明るく無邪気で、傍にいる人を自然と笑顔にさせる太陽のような女性だけど、ふとした瞬間、そんな印象とは対照的に大人の女性らしい一面を覗(のぞ)かせることがある。

子供のような奔放(ほんぽう)さと、大人の女性らしい凛とした美しさ。

兄も不意に見せるギャップが志穂さんの魅力だと言っていた。

「お待たせ」

志穂さんは兄への挨拶(あいさつ)を終えると、そう言いながら僕に向き直る。

先ほどの儚いまでに美しい表情から一転、いつもの笑顔に戻っていた。

「察しはついてますけど……ここに住むつもりですか？」

「大正解。さすが稔君、健と一緒で察しがいいね」

グラスを渡しながら尋ねると志穂さんは即答。

お茶目な感じで答える志穂さんを見て思わず頭を抱えた。

こういう言い方は申し訳ないけど、またかと思わずにはいられない。

というのも、志穂さんが突然なにかをしでかすのは初めてのことじゃない。

たとえば夜中に突然アイスが食べたいと言い出したり、朝起きた直後に天気がいいから散歩に行こうと言い出したり、週末に温泉旅行を計画して当日まで誘うのを忘れていたり。

時間は有限、楽しいことは思い立ったらすぐ行動が志穂さんの信条らしい。

兄は兄で楽観的というか楽しければオーケーな人で、どちらかといえば志穂さんに近い性格をしていたから快く付き合うことが多く、結果、僕はいつも二人に振り回されていた。

今にして思えば、なんだかんだ言いながら僕も楽しかったんだろう。

だから今の状況も驚きよりも相変わらずだと思ったくらい。

「一応、聞きますけど……本気ですか？」

「これからは私が一緒にいるって言ったでしょ？」

お葬式で志穂さんに抱き締められた時の記憶が頭をよぎる。

「確かに言ってましたけど、せめて引っ越し前に連絡をください」

「連絡したけどお返事がなかったの。電話もしたけど繋がらなくて」

「あ……」

そういえばスマホをどこに置いたかも覚えていない。

たぶん、その辺に電池が切れた状態で転がっていると思う。

「お家まで来てインターホンも鳴らしたんだけどね」

確かに何度かインターホンが鳴っていたような記憶がある。

なにもする気が起きなくて出なかったけど、志穂さんだったのか。

……どうやら僕は不満を言える立場じゃないらしい。

「今日も僕が出なかったら、どうするつもりだったんですか？」

「その時は健から預かってる鍵を使って開けるつもりだったの」

志穂さんは兄が使っていた家の鍵を取り出して掲げてみせる。

「はぁ……」

思わず息が漏れた。

志穂さんが僕を心配してくれる気持ちは嬉しい。

「申し訳ないですけど、一緒に暮らすわけにはいきません」

だからといって受け入れるわけにもいかなかった。

僕は志穂さんに理解してもらえるよう丁寧な説明を心掛ける。

「志穂さんが兄さんと結婚していたならわかります。その場合、僕らは義理の姉弟になりますからね。でも二人は結婚していなかったので、志穂さんが僕を養う義務はありません。僕を心配してくれる気持ちは嬉しいですけど、志穂さんには志穂さんの人生がありますす」

年下の僕が言うのもなんだけど、志穂さんはまだ若く未来がある。

今は考えられないかもしれないけど、いずれ新しい出会いもあるだろう。その時に亡くなった婚約者の弟と一緒に暮らしているとなれば、そんな機会も失ってしまう。

僕のせいで万が一にも志穂さんの未来を縛りたくない。

「幸い兄さんは保険に入ってくれていたので、僕が成人するまでに必要なお金は残してくれています。僕の心配はいりませんから、志穂さんは志穂さんの人生を歩んでください」

なにより婚約者の弟と一緒にいたら、いつまで経っても忘れられないだろう。

「稔君は真面目だね。真面目で、すごく優しい」

優しい――その一言が胸に刺さった。

「いえ、優しくなんてないです……」

なぜなら、先ほど思ったことは僕自身も同じだから。

僕と一緒にいたら志穂さんが兄を忘れられないように、志穂さんと一緒にいたら僕が兄のことを常に考え続けてしまいそうで怖い。

志穂さんの未来を想う気持ちは嘘じゃないけど、僕自身のためでもある。

自分の本心を隠し、志穂さんのためと言って断ろうとする僕が優しいはずない。

「ううん。稔君は優しいよ」

それでも志穂さんはそう言った。

「悲しみに一番も二番もないのかもしれないけど、唯一の肉親を亡くした稔君だって辛いはずなのに、私の将来のことを考えてくれてるんだから……優しくないはずがない」

まるで僕の心を見透かしているような言葉だった。

「稔君が私のためを思って言ってくれてるのはわかってる。稔君も思うところがあるのもわかってる。それでも私は、健が亡くなる前から稔君と一緒にいるって決めていたの」

穏やかで優しい口調ながら明確な意志を持った言葉。

なにを言われても揺るがない、強い想いの込められた瞳。

すると次の瞬間、志穂さんは思いもよらない言葉を口にした。

「これは私の意志であると同時に、健から託された想いでもある」

「兄さんから託された――？」

あまりにも驚きすぎて思わず言葉を繰り返す。

すると志穂さんは、ゆっくりと首を縦に振ってみせた。

「私は健から、稔君の傍にいてあげてほしいって頼まれたの」

健から頼まれた——その言葉が頭のど真ん中で引っかかった。

事情を詳しく知らない人が話を聞けば、余命わずかな兄が婚約者に弟を託すなんて美談に聞こえるかもしれない。死してなお、弟を想う兄の愛情に感動する人もいるだろう。

そんな感動ドラマの一つや二つ、探せばあるかもしれない。

でも僕の胸に湧いてきたのは感動ではなく疑問。

僕にはその言葉が兄の本心とは思えない。

「兄が志穂さんに、僕の面倒を見るように頼んだってことですか？」

「うん。これからは自分の代わりに稔君を支えてあげてほしいって」

なんて言葉を返していいかわからず、口元に手を当てて黙り込む。

そんな僕を見て、志穂さんは僕が同居を検討していると思ったんだろう。

「驚かせちゃったけど、私が一緒にいた方がなにかと便利だと思うの！」

順番に指を立て、うんうん頷（うなず）きながら自分と暮らすメリットを挙げていく。

学生の一人暮らしは防犯上危ないとか、家事の負担が半分になるとか、志穂さんは朝に強いから毎朝起こしてあげるとか、出かける時に車を出してあげられるとか。

押せばいけると思ったのか、チャンスとばかりにグイグイくる。

「それにね、未成年の稔君一人だと困ることも多いと思うの。たとえば、このお部屋の契約も健が亡くなった後のことを考えて、生前のうちに私の名義に変えておいたんだ」

いつの間にそんなことを……。

だけど、確かに志穂さんの言う通りだと思う。

契約に関すること以外にも、保護者的な問題もこれから起こるだろう。

僕には親戚がいるから正確にいえば天涯孤独ではないにしろ、今さら兄のお葬式にも顔を出さなかった親戚を頼るつもりはないし、たとえ困ったとしても頼りたいとは思わない。

でも、未成年の自分ではどうにもならず大人の協力が必要な時はくる。

兄はその辺を見越して志穂さんに僕を託したんだろうか？

「さらに今なら、私と同居するとセットで美味しいご飯が食べられます！」

「確かに志穂さんの料理は美味しいので、魅力的な提案だとは思いますけど……」

仕舞いには期間限定とでも言わんばかりにおまけで釣ろうとする始末。

「なんなら今日から私のことを、お姉さんって呼んでくれてもいいんだよ！」

「いや、それは大丈夫です」

「そ、そっか……」

真顔で返すと志穂さんはしょんぼりと肩を落とした。

そんな冗談はさておき……真面目な話、どうしたものか。

亡き兄の婚約者だった人とひとつ屋根の下という状況は、なにもいけないことをしているわけじゃない。倫理的な部分でやや引っかかりはするものの、法に触れるわけでもない。

つまり僕次第ってわけか……。

「ちなみに、今まで住んでいた部屋の解約手続きは？」

「今日の夕方に立会いして引き渡しなの。だから、今さら出ていけって言われても困っちゃうなぁ……なんて。ほら、まだ野宿するには寒い季節でしょう？」

志穂さんはようやく自分が無茶をしたと自覚したんだろう。

冷や汗交じりに苦笑いを浮かべながら、恐る恐る僕の顔を覗き込む。

思わず笑いそうになるくらい焦り(あせ)の色がにじんでいて悪戯心をくすぐられたけど、さすがに家から叩き出して野宿してくださいというのは可哀想(かわいそう)だからやめておいた。

僕には女性に意地悪をして悦に入る趣味はない。

とはいえ釘くらいは刺させてほしい。

「次からは勢いに任せて無茶しないでくださいね」

「次からはってことは……！」

志穂さんは困り顔から一転、花が咲いたように笑顔を浮かべる。

こんな話の時になんだけど、やはり志穂さんには笑顔が似合うと思った。

「ひとまず様子見です。要検討、判断は保留ということで」

「ありがとう！　今日から二人で頑張っていこう――ん？」

喜びの声が上がると同時に、ソファーに置いてあったブランケットがもぞもぞと動いた。

なんだろうと思いながら二人で視線を向けると、一匹の猫がひょっこりと顔を覗かせる。

すると志穂さんの膝の上によじ登り、不満そうに野太い声で鳴き声を上げた。

「ごめんね。家族は二人じゃなくて三人だったね」

志穂さんは謝りながら猫を抱き上げる。

この猫は我が家で飼っている猫で『ちくわ』という名前の女の子。

僕と兄が二人暮らしを始めたばかりの頃、兄の職場の駐車場に捨てられているのを見かけて保護。しばらく里親を探したけど見つからず、うちで飼うことにして早六年。

当時は生後間もない子猫だったけど、今では年齢的にも体格的にも立派な成猫。

名前の由来は、毛色が白と茶色でちくわみたいに美味しそうだからと兄がつけた。

兄の絶望的なまでのネーミングセンスの悪さは置いといて、ちくわが不憫で仕方がないと思いきや、呼ぶと嬉しそうに近寄ってくるあたり意外と気に入っているみたい。

今では僕や兄よりも志穂さんに懐いているのが少し悔しい。

大人の女性同士、通じ合うものがあるんだろうか？

それはさておき、僕が荒れまくった家の中でギリギリ人間らしい生活を維持することができたのは、ちくわのお世話があったから。リビングがあんな状況だったから別の部屋で過ごしてもらっていたんだけど、どうやら志穂さんの気配に気づいて出てきたんだろう。

「ちくわも、これからよろしくね♪」

ちくわは返事をするようにバイクのアイドリングよろしく爆音で喉を鳴らす。

仲睦まじく頬ずりしあう二人を見つめながら一息吐くと、朝から慌ただしかったせいか、それとも色々状況の整理がついたからか、今度は僕のお腹がゴロゴロと鳴り出した。

志穂さんにも聞こえたのか、僕のお腹をじっと見つめる。

ちくわの鳴き声ですとは言い張れなそう。

「……なんだか、お腹空きません？」

兄が亡くなってから感じずにいた空腹感に襲われる。

すると志穂さんはちくわを抱いたまま立ち上がり。

「今すぐご飯を作ってあげるから待ってて！」

キッチンへ向かい冷蔵庫を開けた瞬間に固まった。

「あら……」

それもそのはず、冷蔵庫の中身は見事に空っぽ。

「すみません……しばらく買い出しに行ってなくて」

「大丈夫。今すぐ車で買い出しに行ってくるから！」

志穂さんはちくわの代わりにバッグを手にしてリビングを後にすると、玄関で『ちくわのご飯も買ってきてあげるからね』と言い残し、元気よく家を出ていった。

その後、志穂さんは帰宅すると鼻歌交じりにお昼を作ってくれた。

僕も手伝うと言ったんだけど『私に任せて』とキッチンに入れてもらえなかったので、料理が終わるまでの間、僕はちくわを肩に乗せながら掃除の続きをして待つことに。

一時間後、テーブルの上には豪華な料理が勢揃い。

足元にはちくわ用に、普段より少しお高めの某猫が夢中になるご飯も用意。

手を合わせてから料理を口にした瞬間、あまりにも満たされて涙腺が緩みかけた。

誰かが作ってくれた手料理を食べるのはいつ以来だろうか……図らずも兄が入院する前、志穂さんが作ってくれた夕食を、ここに兄を加えた四人で食べた時の記憶が蘇る。

もうあの日々は戻らないけど、一緒に食事をしてくれる人がいる。

それだけで充分に幸せなことなのかもしれない。

こうして僕は兄の婚約者だった人と、ひとつ屋根の下で暮らすことが決定。

気づけば毒のように心を蝕み続けていた痛みが、少しだけ和らいだ気がした。

志穂の日記

私と稔（みのる）君の同居生活が始まった。

突然の引っ越しで驚かせちゃったけど、とりあえず受け入れてくれてよかった。

連絡がつかないのに黙って引っ越してきたのは悪いことをしちゃったけど、こうでもしないと断られるのはわかっていたから、少し強引（ごういん）だとは思ったけど正解だったと思う。

健（たける）も『どうせ断られるから黙って押し掛ければいい』って言ってたしね。


でも……まだ健が亡くなって十日しか経（た）ってないから仕方がないとはいえ、普段からしっかりしている稔君が、あんなに荒れた生活を送っていたなんて驚いた。

いくら大人びていても、彼はまだ高校二年生になったばかりの子供。

あの状態の稔君をあと少しでも放っておいたらと思うと、正直ぞっとした。

唯一の肉親を失った悲しみは一人で耐えられるものじゃない。彼には悲しみを分かち合う家族も、支え合う兄弟もいない……その辛（つら）さは誰（だれ）より私自身がわかってあげられる。

これから私が稔君の家族として支えてあげないといけない。

私が稔君の保護者として彼を見守っていく。


だけど……どうだろう。

案外、一緒にいて支えられるのは私の方かもしれない。

稔君が私のために想って同居に反対してくれた時、正直に言うと嬉しかった。

稔君の悲しみを理解してあげられる人が少ないように、私の想いを理解してくれる人も少ない。同じ意味で悲しみを分かち合える人は、稔君にとっても私にとってもお互いだけ。

そんな稔君が自分よりも私を心配してくれたことが嬉しかった。

本当……そんなところは健と一緒だよね。


きっとこれから大変だと思う。

色々な問題が私と稔君の前に立ちはだかると思う。

だけど、どんなことがあったとしても私が彼を支えていく。

それが健から託された最後のお願いでもあるんだから。

私にはもう悲しんでいる暇も泣いている暇もない。

だから私は、二度と泣かないと自分に誓った。

二話　二人きりのお出かけ…………………

Hitotsu yane no shita, ani no konyakusha to koi wo shita.

志穂さんが引っ越してきた翌日、日曜日の朝。

僕らは起きて早々に朝食を済ませ、出かける準備をしていた。

「志穂さん、準備はどうですか？」

「もう少し。遅くなってごめんね！」

志穂さんの部屋の前で尋ねると、中から焦った様子の声が聞こえてくる。

なにやら物が落ちる音が聞こえてくるあたりバタバタしているのが窺えた。

「まさか私から誘っておいて寝坊するなんて……」

「志穂さんにしては珍しいので少し得した気分です」

「ううぅ……悔しいけど自業自得だから言い返せない」

普段は朝に強いとしても、新生活の初日だったんだから仕方がない。

かく言う僕も、昨晩は緊張して寝つきがあまりよくなかった。

「リビングでちくわにご飯をあげながら待ってますね」

「ありがとう。あと十五分もあれば終わると思うから」

「慌てなくていいので、ごゆっくりどうぞ」

そう声を掛けて部屋の前を離れる。

「ちくわ、リビングに戻ってご飯にしよう」

僕らが朝食中、ちくわは寝ていたからまだあげていない。

足元でウロチョロしていたちくわに声を掛けると、お腹(なか)が空いて待ちきれないのか『うにゃうにゃ』鳴きながら我先に階段を降りていき、僕もその後に続いてリビングに戻る。

猫はあまり芸を覚えないけど『ご飯』という単語だけは覚える不思議。

それはさておき、なんで朝早くから出かける準備をしているか？

それは昨晩、家中の掃除を終えた後のこと――。


夕食とお風呂(ふろ)を済ませ、ソファーに座りのんびりしていた時だった。

「ねぇ稔(みのる)君、相談があるんだけどいいかな？」

志穂さんが僕の肩をちょんちょんつつきながら声を掛けてきた。

「どうかしましたか？」

「明日って用事あったりする？」

また急な話だなと思いつつ。

「いえ。土日は部屋の掃除をする予定だったんですけど、志穂さんが手伝ってくれたおかげで終わりましたから、むしろ明日は予定が空いてどうしようかと思っていたところです」

すると志穂さんはしめたと言わんばかりに瞳を輝かせる。

「そっか。私のおかげで予定が空いちゃったのか～なるほど♪」

表情と口調からやんわり恩を着せてしまおうという魂胆が見え隠れする。

もちろん心から感謝しているので着せてくれて構わないんだけど。

「それなら私が代わりの予定を入れてあげないといけないよね！」

見え隠れどころか全力でもろ見えだった。

「なにか予定があるなら付き合いますよ」

「じゃあ、お姉さんとデートしない？」

「……はい？」

この人は婚約者の弟になにを言っているんだろう？

もちろん志穂さんが冗談で言っているのはわかっているし、志穂さんらしいお茶目な冗談だなとも思うけど、予期せぬ一言すぎて素で頭に疑問符を浮かべてしまった。

志穂さんは僕のリアクションを見てドッキリ大成功よろしく満足そう。

いつもの笑顔を浮かべながら話を続ける。

「デートっていうのは冗談だけど、ここでの生活に必要な物を買い揃えたいからショッピングモールに行こうと思うの。一人だと荷物を持ちきれないと思うから、稔君が付き合ってくれると助かるなーって」

確かに生活環境が変われば色々と必要な物もあるだろう。

荷物持ちの一度や二度、掃除を手伝ってくれたお礼にしては安いくらい。

「わかりました。付き合いますよ」

「本当？　ありがとう！」

志穂さんは胸の前で手を合わせて声を弾ませる。

そんなに喜んでくれると少しくすぐったい。

「でも一人じゃ持ちきれないと思うって、そんなに買う物があるんですか？」

「引っ越しの荷造りをしてた時に、色々買い替えようと思って古い物は処分しちゃったの。もったいないと思ったけど、こういう機会でもないと買い替えることってないから」

「確かに、物を整理するにはいい機会ですよね」

「それに荷物も減って一石二鳥でしょ？」

志穂さんが言っていることはよくわかる。

僕と兄がこの部屋に引っ越した時、兄も色々処分していた。

兄も志穂さんと同じで物持ちがよく、あまり物を捨てない人だった。

いや、正確に言えば捨てないというのは若干語弊があり、兄は物を買う時に長く使えることを基準に選ぶから、消耗品以外は基本的に捨てる必要に迫られなかった。

そんな兄ですら志穂さんと同じように『いい機会だから思い切って買い替えようぜ！』と気持ち新たに処分したのはいいんだけど、必要な物まで捨てていたと気づき、ちょうど回収に来ていたゴミ収集車を呼びとめて二人でゴミ袋を漁ったのは苦すぎる思い出。

たまたま二人が似ているのか、それとも恋人同士は似るものなのか。

「僕も買いたい物があったので、ちょうどいいです」

「それならよかった。じゃあ明日、よろしくね」

すると志穂さんはスマホのメモアプリに買う物を入力していく。

こうして僕らはショッピングモールに行くことになった。


――とはいえ、時計の針はまだ八時を回ったばかり。

ショッピングモールは十時オープンだから時間に余裕はある。

それなら焦る必要はないと思われるかもしれないけど、実は早くから準備をしないといけない理由が二つある。

一つはショッピングモールの駐車場がすぐ満車になってしまうから。

地方は首都圏ほど遊び場が多くないため、どうしても人が同じ場所に集まりがち。

さらに車社会だから、みんなどこにいくにも車で移動する上に、ショッピングモールは県内でも大きな街にしかないため近隣の市町村から大集合。

結果、朝一で行っても入庫で三十分待ちなんてことがざらにあるから恐ろしい。

よく兄の車でショッピングモールに足を運んでいたけど、土日はもちろん、特にゴールデンウィークやお盆、年末年始なんかは悲惨なことになった思い出しかない。


もう一つは、女性の準備は男性よりも時間が掛かるから。

兄が生きていた頃、よく二人で志穂さんの準備が終わるのを待っていた。

僕も兄も時間を気にして行動するタイプではなく、むしろ兄は人を待つ時間が好きな人だった。特に出かける前に待たされることを一ミリも気にしない人だった。

兄曰く『ちゃんと準備してくれてるって証拠だろ？』ということらしい。

女性の準備に時間が掛かるのは、綺麗な自分でいたいという気持ちの表れ。

それがデートなら自分のために綺麗でいようとしてくれている証拠。男としてこんなに嬉しいことはなく、今日はどんな姿だろうと想像しながら待つ時間は楽しいと言っていた。

もちろん『相手に伝えたらプレッシャーになるから秘密な』と釘を刺された。

我が兄ながら、そういう考え方ができることを心から格好いいと思った。

今にして思えば、兄は何事もネガティブに受け取らない人だった。

「とはいえ、さすがにキザだと思わない？」

今日も某猫が夢中になるご飯をあげたせいか、ちくわに無視される僕。

少し話が逸れたけど、だから志穂さんの準備が遅くなって駐車場が満車になっても気にしない。待てばいいだけの話なんだけど、志穂さんにしてみればそうはいかなくて当然。

大丈夫と言ったところで待たせている方は気に病むものだから。

ちくわを眺めながら、そんなことを考えていると。

「稔君、お待たせ」

階段を降りるリズミカルな足音が聞こえた後、志穂さんの声が響く。

入り口に視線を向けた瞬間、目に飛び込んできた姿に思わず見惚れた。

春らしい明るい色のブラウスに、落ち着いた色合いのロングスカートを合わせたコーディネート。首回りを大きく開けた大人っぽいデザインに図らずも目を奪われる。

長い黒髪と耳元で輝くチェーンピアス、いつもよりワントーン明るめのルージュが印象的。

僕は女性のファッションには疎いけど、上品な大人の女性といった印象を受ける。

髪を耳に掛ける右手の薬指には、いつものように婚約指輪が輝いていた。

「どうかな？」

志穂さんは僕の前に立つと、長い髪をなびかせながら一回転してみせる。

お出かけ前のファッションチェックは兄の生前から続く恒例行事。

それなのに――。

「よく似合ってると思います。春らしくて素敵ですね」

「ありがとう。褒められると頑張ってお洒落した甲斐があるな♪」

どうしてか、いつもより少しだけ見惚れている自分に驚かされる。

たぶん……兄が言っていた台詞を思い出したからだろうな。

「どうかした？」

「いえ。なんでもありません」

感傷的になっている気持ちを切り替える。

「じゃあ、行こっか」

忘れ物がないか確認し、ちくわにお留守番をお願いしてから家を出る。

駐車場に向かうと、兄が乗っていた普通車の隣に志穂さんの車が停めてあった。

某国内メーカーのトールワゴンと呼ばれるタイプの軽自動車。

軽にしては全長が長めで車内の空間が広く、ドアはスライド仕様のため荷物が積みやすい。

ちょっとしたお出かけやお買い物にはもってこいの一台。

ミントとホワイトのツートンカラーが可愛(かわい)らしく、女性に人気の車種らしい。

さっそく志穂さんは運転席に、僕は助手席に乗り込んでシートベルトを締める。

「そういえば、稔君が私の車に乗るの初めてだっけ?」

「そうですね。三人で出かける時は兄の車でしたから」

「こう見えて私、運転は得意だから安心して」

得意げな表情を浮かべてハンドルを握る姿が逆に心配。

志穂さんには申し訳ないけど、どうしてもフラグにしか聞こえない。

そう思うのは失礼だと思うけど、根拠もなく言っているわけじゃない。

なぜなら、隣のスペースが空いているのに車が頭から駐車場に入れてあったから。

仮に両隣に車が停めてあって幅が狭いなら理解できるけど、片側が空いている状況でこの停め方をしているのは、バックでの入庫が苦手だからとしか思えない。

免許を持っていない僕が言うなって話だと思うけど。

「なにか言いたそうな顔してるね」

「あ、いえ……得意だと願ってます」

「願ってますって、それ信じてないよね!」

志穂さんはぷんすこしながら頬(ほお)を膨らませる。

「いいもん。運転が得意なところを見せてあげる」

拗ねながら言うと、後方確認のため助手席のシートに左手を置いて振り返る。

その瞬間、志穂さんが思った以上に近づいてきてとっさに身体を引いた。

軽自動車は普通車に比べて車内が狭いため、運転席と助手席の距離も近い。だから目視で後方確認しようとすれば無理な体勢にもなるし、お互いの距離が近くなって当然。

女性が男性の運転中にときめくシチュエーションランキング第一位の逆。

びっくりしすぎて心臓がかつてないペースで脈を打っている。

「ん？　稔君、なんだか顔が赤いけど大丈夫？」

「だ、大丈夫です……気にしないでください」

「本当？　体調が悪いなら言ってね」

そう、驚いただけで決してやましい気持ちがあるわけじゃない。

志穂さんの肌を間近で見て下心が湧いたとか、香水と女性特有の匂いの混ざった甘い香りに煩悩が刺激されたなんてことはない……いや、正直に言えば、どちらも少しだけある。

でもそれは、男なら相手が誰であれ本能的に湧いてしまう感情。

兄の婚約者だった人に欲情するなんて節操のない真似をしたわけじゃない。

でもそうか……一緒に暮らすということは、こういうこともありえるわけか。

「ほら見て、上手に出られたよ！」

僕が葛藤と戦っているうちに無事出庫を終えた志穂さん。

「なんだか……色々すみませんでした」

「別に謝るようなことじゃないでしょ?」

志穂さんは僕の気を知る由もなく不思議そうに首を傾げる。

向かう途中、これからのことを考えると少しだけ悩ましかった。

＊

ショッピングモールに着くと、やはり駐車場は車でいっぱいだった。

改めて、ここは僕らの住んでいる市内に二つある大型商業施設の内の一つ。

敷地内には映画館や家電量販店、他にも温泉施設などがあり、老若男女問わず楽しめる人気スポット。日時を問わず市内外から多くのお客さんが集まり車を入れるだけでも一苦労。

特に週末は催事を行っていることが多く、スムーズに入れることは極めて稀。

案の定、僕らが立体駐車場に車を停められたのは二十分後。

これでも早い方だからよしとしよう。

「なにから見ましょうか」

モール内に移動すると、朝一にも拘わらず大勢の人で溢(あふ)れかえっていた。

ベビーカーを押している若い夫婦や家族連れ、カップルに学生同士のグループなど、すれ違う人とぶつからないように歩きながら志穂さんに尋ねる。

「とりあえず、細々した物は雑貨屋さんで揃えた方がいいと思うの」

「その方が手間はないですよね。いつもの雑貨屋に行ってみましょうか」

「うん。そうしよ」

長い髪を小さく揺らしているのは志穂さんのテンションが高い証拠。

雑貨屋へ向かう志穂さんの後に続き、エスカレーターで二階へ上がる。

お店の前に着いて店内を覗くと、若い女性のお客さんたちでいっぱいだった。

それもそのはず、この雑貨屋は主に女性をターゲットに全国展開していて、可愛らしい家具やインテリア雑貨など、多種多様なアイテムを取り揃えている人気店。

このお店だけで家中のコーディネートが完結するほどの品揃え。

もちろん女性向けのラインアップだけではなく、男性も使いやすいように配慮された商品も数多く取り揃えていて、カップルでお揃いの物を買うならここが一番だと思う。

よく兄と志穂さんも一緒に来ていた、お気に入りのお店だった。

「どんなものを買う予定なんですか？」

店頭に置いてあった買い物かごを手に取りながら尋ねてみる。

「えっとね、忘れないようにメモしておいたんだ」

そういえば昨日の夜、スマホのメモアプリに入力していたっけ。

志穂さんはスマホをバッグから取り出して画面を覗き込む。

「大きい物はカーテンとテーブルの下に敷くラグかな。細かい物だと食器とかグラスとか、あとベッドシーツと布団カバーも買い替えたいし、ルームフレグランスも欲しい」

他にも購入予定の物をあれこれ口にする。

「ひとまず、ここで買える物は全部買いましょう」

「うん。もし付き合うのに疲れたら休んでていいからね」

「大丈夫です。荷物は僕が持つのでゆっくり選んでください」

「ありがとう」

こうして僕は志穂さんの後に続いて店内を見て回る。

志穂さんは買い物に時間を掛ける人で、何度も店内を往復しては頭を悩ませる。

知らない人からすれば優柔不断に見えるかもしれないけどそうではなく、自分が心から気に入った物じゃないと買わない、つまり想いを大切にするタイプなだけ。

この辺は兄と似ているようで実は微妙に違いがあったりする。

以前、兄と志穂さんが二人で旅行に行った時のこと。

地元の伝統工芸品の木工細工を買おうとした際、決めるのに一時間以上掛かったらしい。その時に買った三日月の形をしたピアスはお気に入りで付けているのをよく見かける。

選んだ理由を聞いたら『付けたら気持ちが落ち着きそうだから』と言っていた。

兄は長く使うことを大切にして選び、志穂さんは想いを大切にして選ぶ。

どちらも物を大切にするという意味は同じでも本質は少し違う。

「ねぇ稔君、ちょっと来て」

そんなことを考えながら店内を眺めていると、不意に志穂さんに呼ばれた。

声がした方に目を向けると、近くの棚の前でちょいちょいと手招きしている。

「気に入った物でもありましたか？」

「これ、すごく素敵だと思わない？」

傍に近づくと、志穂さんは手にしていたグラスを僕に掲げてみせる。

グラスというと透明な物をイメージしがちだけど、志穂さんが手にしているグラスは透明な縁から底にかけて、ピンク、そしてホワイトへ彩り（いろど）を変えるグラデーションカラー。

まるで桜の花弁に雪化粧を施したような色合いが可愛らしいグラスだった。

「お洒落でいいと思います。気に入ったんですか？」

「うん。気に入ったんだけど……」

志穂さんは棚に視線を戻して難しい顔をする。

とてもわかりやすく悩んでいるのが窺えた。

「これね、三個セットでしか売ってないみたいなの」

棚に目を向けると、確かに三個セットのグラスとして展示されていた。

もう二つも同じデザインのグラデーションカラーで、一つは青色で、もう一つは緑色。贈り物として需要が高そうなハイエンドのグラスセットで、値段は合わせて八千円。

高いだけあって質感がよく、三個セットなら納得の価格ではある。

「すごく素敵だけど、一つしか使わないのに買うのもなぁ……」

そう言って一度はグラスを棚に戻したんだけど。

しばらくすると棚の前に戻ってグラスをじっと見つめる。

「うーん……」

そんなことを繰り返してうんうん唸(うな)ること三回。

他に必要な物は全(すべ)て選び、会計を終えてもまだ悩んでいた。

よほど気に入ったみたいだけど無駄になるのが気掛かりなんだろう。

「僕がお金を半分出すのでブルーの方を使ってもいいですか？」

「え？　稔君もこのグラス気に入ったの？」

「うちは男二人だったので、こういうお洒落なグラスはないんです。一つあると、お祝い事なんかで使えていいかなと思って。一つ余りますけど、来客用にしてもいいと思いますし」

「本当に⁉」

すると志穂さんは迷いの晴れた笑みを浮かべる。

「そういうことなら私が稔君にプレゼントしてあげる！」

「いやいや、大丈夫です。半分出しますよ」

「遠慮しないで。じゃあ、お引っ越し祝いってことで――って、それだと私が貰う側になっちゃうから、そうじゃなくて……そう、二人暮らしの記念にプレゼントさせて！」

志穂さんは絶対に私が払うと言わんばかりにグラスの入った箱を抱き締める。

二人暮らしの記念か……そこまで言わせてしまったら断る方が失礼だろう。

何気に志穂さんは頑固なところがあるから、たぶん引いてくれない。

「本当にいいんですか？」

「もちろん。今夜は二人暮らしのお祝いに、このグラスで乾杯しよう」

志穂さんはそう言うと、ぱたぱたと小走りで会計待ちの列に並び直す。

そんな姿を微笑ましく思いつつ、店外で待っていようと振り返った時だった。

「ん……？」

妙な視線を感じて顔を上げる。

だけど、そこには誰の姿もなかった。

「……気のせいか」

気のせいにしては明確に感じた気がする。

知り合いがいて僕らに気づいたんだろうか？

「稔君、どうかした？」

会計を終えて戻ってきた志穂さんが僕の顔を覗き込む。

「いえ。なんでもありません」

「そう？　それならいいけど」

やはり気のせいだろう……知り合いに見られたらまずいなんてことはないけど、後々説明するのが面倒だと思っているせいで人の視線に敏感になっているのかもしれない。

そんなふうに思い、さして気にも留めなかった。

その後、僕らは順番に色々なお店を見て回った。

ドラッグストアで志穂さんが普段使っているシャンプーやボディーソープを買い、化粧品売り場で切らしていた化粧品を買い、アパレルショップで部屋着やパジャマを購入。

午前中だけで両手がいっぱいになり、一度車へ戻って荷物を積み込む。

その後、モール内の定食屋でお腹を満たすことにした。

「この時間は混んでるね」

「そうですね。ここは特に人気がありますし」

お店の前に用意された椅子(いす)に座りながら、事前に渡されたメニュー表を眺める。

ここは定番メニューの他、季節ごとに一部のメニューが切り替わり一年を通して楽しめるためリピーターが多く、僕らも度々利用しているお気に入りの定食屋。

僕も兄も、ここのチキンカツ煮定食が大好きだった。

「稔君はどれにするか決まった？」

「やっぱりチキンカツ煮定食ですね。志穂さんもいつも通り海鮮丼ですか？」

「うん。メニューも豊富で時期ごとに変わるのに、結局同じのを頼んじゃうよね」

「たまには違うメニューを頼もうって思うんですけどね」

本当、志穂さんの言う通り。

そうこうしているうちに僕らの順番が回ってきて店内へ案内される。

窓際の二人掛けの席に通され、目当ての料理を注文して待つこと二十分。

「んん～♪　美味（おい）しそう！」

志穂さんは運ばれてきた海鮮丼を前に嬉しそうに声を弾ませる。

ご飯の上にマグロとサーモン、生エビとホタテが敷き詰められ、中央には大盛りのいくらと少量のわさび。お好みで付け合わせの鰹節を振りかけて食べるスタイル。

志穂さんは鰹節をたんまりかけて食べるのが大好きで、今日もこれでもかと言わんばかりに振りかけると、出汁醤油を軽く一回ししてから手を合わせる。

「いただきます！」

海鮮丼を口に運ぶと、口元に手を当てながら表情をとろけさせた。

幸せそうでなによりですと思いながら、僕もチキンカツ煮定食を一口。

揚げたての衣が味噌仕立てのスープを吸って柔らかく、とろけるような口当たり。味噌特有のコクの強さはあるのにくどさはなく、煮込み料理なのに味が濃くなりすぎていないのは、一緒に煮込まれている卵のおかげだろう。なんとも優しい味でほっとする。チキンカツの下に敷き詰められているキャベツの甘さが口直しにちょうどいい。

変わらない美味しさを味わっていると、ふと妙な視線に気づいた。

「「………………」」

僕の手元に視線を落としながら下唇を嚙み、物欲しそうな表情を浮かべている志穂さん。

そういえば志穂さんは、いつも兄からチキンカツを一切れ分けてもらっていた。

「……一切れ食べます？」

「いいの⁉」

アニメだったら効果音が鳴りそうなほどの笑みを浮かべる志穂さん。

取りやすいようにお盆ごと差し出すと、志穂さんはお礼を言いながら箸を伸ばす。

チキンカツを顔の前で眺め視覚的にも楽しんだ後、ぱくりと食べた瞬間に表情が緩む。言葉はなくとも美味しいと訴えている表情が、兄とシェアしていた時の笑顔とダブった。

いつも隣で見ているだけだった笑顔が今は僕に向けられている。

「やっぱりシェアできる人がいるのっていいよね」

「そうですね」

僕もお刺身を一切れ分けてもらい、感想を言い合いながら食事を進める。

同じものを食べているはずなのに、どうしてだろう。

少しだけ、いつもより美味しい気がした。


午後になり、買い物を終えた僕らはモール内を散策していた。

思えばこうして志穂さんと二人きりで出かけるのは初めてのこと。

だからだろう――一緒に歩いていると、志穂さんに向けられる視線の多さに驚いた。

志穂さんのことは紹介された時から、可愛らしさと美しさを兼ね備えた女性だと思っていたけど、こうしてすれ違う男性の視線を集めている姿を見ると改めて実感する。

真剣な表情は凛として美しく、笑うと無邪気で可愛らしい。

男性からだけではなく女性から見ても魅力的な人。

僕みたいな子供が隣を歩くのはあまりにも不釣り合いすぎて気後れしてしまい、そんな心境の表れだろうか……無意識のうちに志穂さんの一歩後ろを歩いていると。

「そろそろ夕食の食材を買って帰ろうか」

志穂さんはくるりと振り返ると僕の隣に並び直す。

スマホで時間を確認すると、気づけば十七時を過ぎていた。

「そうですね。他に買う物はなさそうですし」

僕らは夕飯の食材を買いに食品売り場へ向かう。

今夜は二人暮らしのお祝いをすることになったから、少し奮発してパーティー用のオードブルセットを購入。揚げ物を中心に色々なお惣菜が詰め合わせになっている豪華な一皿。

志穂さんは普段は飲まないらしいけど、今日は特別だからとお酒も買っていた。

せっかくだから今日買ったグラスで飲みたいらしい。

「そうだ。お祝いなんだからケーキも買わないと！」

食材を袋に詰めていると、志穂さんは思い出したように声を上げた。

「私、ケーキ屋さんに行ってくるから袋詰めお願いしていい？」

「わかりました」

「ありがとう。そんなに時間は掛からないと思うから休んでて」

志穂さんはそう言うと、小走りで食品売り場を後にする。

袋詰めを終えると、僕は通路の端に並んでいるベンチに腰を下ろした。

「……なんだか、あっという間だったな」

一息吐くと、思わずそんな言葉が口から漏れた。

言葉の通り時間を忘れて買い物を楽しんでいた自分に驚きを隠せない。

よく楽しい時間は早く過ぎるというけど、今日に限っていえば楽しいと思う以上に、志穂さんと一緒に過ごすことで兄のことを考える時間が少なかったからだろう。

一人で家にいると嫌でも無限に考えてしまう。

「いや、違うか……」

正確には悲観的なことを考える時間が少なかったからだ。

今日一日、志穂さんと過ごす中で兄のことは何度も思い出した。

朝起きてから家を出て、買い物途中ですら何度となく兄のことを想った。

それだけ僕と志穂さんには、兄と三人で過ごした共通の思い出が多いからだろう。

でもそれは、兄が亡くなったことを悲観し、ひたすらにネガティブの螺旋階段を駆け降り続けるようなものではなく、むしろ楽しい思い出を懐かしむような幸せな時間だった。

もちろん兄を思い出すことに全く悲しみを感じないわけじゃない。

でも、志穂さんが傍にいてくれて楽しいことも思い出せた。

一人でいた時は悲しくて仕方がなかったのに。

「志穂さんのおかげだよな……」

心からそう実感している。

志穂さんの傍にいると、まるで陽だまりにいるような安心感と心地よさを覚える。

僕は志穂さんがいてくれるおかげで、この二日間だけでも救われている実感があるし感謝もしているけど、だからこそ思う……志穂さんはどんな気持ちでいるのかと。

「僕と一緒にいて、兄さんを思い出して辛くならないのかな……」

僕らはお互いにかけがえのない人を失った者同士。

だからといって、気持ちまでもが同じだとは限らない。

そもそも、なぜ志穂さんは僕と一緒に暮らそうと決めたんだろう？

どうして愛する人を失ってもなお、笑顔でいられるんだろう？

冷静になると、そんな疑問ばかりが浮かんでくる。

「……志穂さん、遅いな」

しばらく考え込んでいると、ふと志穂さんの戻りが遅いことに気づく。

スマホを取り出して時間を確認するとすでに三十分以上経っていた。

混んでいるのかもしれないけど、さすがに遅い気がする。

志穂さんになにかあったんだろうか――？

こんなに人目のつく場所でトラブルに巻き込まれることはそうそうないと思いつつも、一度考え始めると居ても立ってもいられず荷物を手にしてベンチから立ち上がる。

ケーキ屋の場所は隣にあるフードコートの少し先。

向かう途中、通路の端で男性と話している志穂さんの姿を見つけた。

ずいぶん話し込んでいる様子だけど知り合いだろうか？

「そんなこと言わないで。少しでいいからさ」

「お断りします。通してください」

会話を聞く限りとてもそうは思えない。

志穂さんは明らかに困った表情を浮かべていた。

「一時間、いや三十分でいいんで。せめて連絡先だけでも――」

「人を待たせているんです。いい加減にしてもらえませんか？」

どうやら見知らぬ男性からナンパされているらしい。

志穂さんほどの美人ならナンパされることなんて日常茶飯事だろう。

臆することなく断り続ける志穂さんと、何度断られても諦めない強メンタルな男性。

同性として綺麗な女性に声を掛けたくなる気持ちは一ミリくらいなら理解できる。

兄の婚約者だった人ということを抜きにすれば、僕から見ても志穂さんは素敵な女性だと思うし、街ですれ違ったら二度見どころか三度見くらいしてもおかしくない。

まぁ理解できることが見過ごす理由にはならないけど。

「志穂さん」

僕は志穂さんの視界に入って声を掛ける。

「あ、稔君――！」

すると志穂さんは僕に気づき、男性のもとから離れて僕の背中に隠れる。

僕のシャツの背中を握る志穂さんの手がわずかに震えていることに気づいた瞬間、自分でも驚くほど冷静さを欠いた。

　そうだよな……仮にナンパされることに慣れていたとしても、見ず知らずの男性に声を掛けられて怖くないはずがない。

　僕は志穂さんを庇うように男性の前に立つ。

「ナンパですよね……？」

「うん。断ってるんだけどしつこくて……」

「わかりました。志穂さんは下がっていてください」

　前言を撤回させてもらいたい。

　声を掛けたくなる気持ちを理解してやれたとしても、嫌がっているのをわかっていながらしつこく口説こうとする男の気持ちなんて、一ミリすらも理解してやるつもりはない。

　柄じゃないけど、僕は明確な敵意を瞳に込めて相手と対峙する。

「なんだ、おまえ？」

「あなたの方こそ、嫌がっているのにどういうつもりですか？」

「どういうつもりもなにも、おまえには関係ないだろ？」

　邪魔をされたからだろう。

　男性は明らかに不機嫌そうに僕を睨む。

　睨むどころか態度も一変、志穂さんに見せていた笑顔は消え去っていた。

さて、この男性を許すつもりは毛頭ないとはいえ、必要以上に揉（も）めるつもりもない。

なんて答えれば穏便に済むか考える……公衆の面前で言い争うわけにもいかないし、ないとは思うけど、手を出されたらやり返さずにいられる自信はないから余計にまずい。

揉めず、争わず、手を出されず、相手に諦めさせるいい方法。

そんな方法があるなら最初から志穂さんも困っていない。

いや、あるにはあるけど僕がやっても説得力がゼロ。

「ああ、そうか。おまえ弟だろ？」

ナンパ男は納得した様子で口にした。

「さすがに、こんなガキが彼氏ってことは――」

明らかに舐（な）めた口調で言いかけた瞬間だった。

不意に志穂さんが僕の腕に自分の腕をからめて声を上げる。

「彼氏です！」

「「え――？」」

まさかの一言に、思わず僕とナンパ男の声が重なった。

男性は驚きに声を上げ、僕は疑問に声を上げずにはいられない。

いや……確かに彼氏のふりをする方法は思いついたけど、年下の僕が彼氏を名乗ったところでリアリティがないし、もし仮に本当だとしたら……それはそれで大問題では？

その証拠に男性も『いやいや、あなた成人女性ですよね？』と言いたそうな表情で志穂さんを見つめている。ナンパ男を擁護するつもりはないけど、その倫理観は正しいです。

なぜ正しい倫理観を持っているのに嫌がる女性の気持ちはわからないんだろう。

それはさておき、事情によってはお巡りさんのお世話も避けられない。

……僕らの方が。

「私、若い男の子にしか興味ないので！」

僕の心配をよそに自らとどめの一撃を刺す志穂さん。

さすがに堂々と宣言されて返す言葉もないナンパ男。

「そういうことなので、ナンパは他を当たってください」

志穂さんはきっぱり告げると僕と腕を組んだまま回れ右、その場を後にする。

駐車場に戻り車の傍まで来ると、志穂さんは腕を離して安堵の息を漏らした。

「稔君、ありがとう……本当にしつこくて困ってたんだ」

「戻りが遅かったのでトラブルに巻き込まれたのかと思って。お役に立てたのならよかったですけど……さすがに公衆の面前で、あの発言はまずいんじゃないですか？」

「あの発言？」

志穂さんは可愛らしく首を傾げて頭に疑問符を浮かべる。

無自覚なのかと驚いたけど、自覚があったら逆にヤバいか。

「未成年相手だと、なにかと厳しいご時世ですからね」

「厳しいご時世……？」

首を傾げたまま時間が流れること数秒。

「ち、違うの！　あれは誤解で――！」

志穂さんはいかに自分がヤバい発言をしたのか気づいたらしい。

セルフ時間差羞恥プレイ、顔を真っ赤にしながら言い訳をぽろぽろ零す。

「あれは相手を諦めさせるための冗談っていうか、方便っていうか、本当に若い男の子にしか興味がないわけじゃないの。ちゃんと同年代も年上も恋愛対象だから安心して！」

「それは別に安心する理由にはならないのでは？」

僕も黙っていればいいものを我慢できずに即突っ込む。

すると志穂さんは頭を抱え『ああっ！』と声を漏らしてしゃがみ込んだ。

しばらくすると、いじけた様子で『他に思いつかなかったんだもん……』とぽつり。

しっかりしていて大人らしいと思うこともあれば、年齢以上に無邪気なところを見せたり、時には今みたいに抜けた一面を見せたりと、色々な姿を見せてくれる志穂さん。

なんだか微笑ましくて口角が上がるのを堪えられない。

「冗談ですよ。疑ってないので安心してください」

「……本当？　絶対？　嘘じゃない？」

志穂さんは今にも泣き出しそうなくらい潤んだ瞳で僕を見上げる。

意図せず向けられた男性の本能に直撃するような上目遣い(うわめづか)に胸が高鳴った。

胸の奥がきゅっと握り締められたような感覚を覚えると同時に、体温が上がって顔どころか耳まで赤くなるのを自覚し、一人であっち向いてホイして明後日の方向へ顔を向ける。

違う……これは別に志穂さんにときめいているわけじゃない。

男性として本能的に反応してしまっただけのこと。

「あれ？　稔君、顔が赤くない？」

「あ、赤くないです……」

「そういえば出発前も赤かったよね？」

「心配ありません……さぁ帰りましょう」

僕はそそくさと助手席に乗り込み、顔を見られまいと窓の外に視線を向け続ける。

しばらく熱は冷めやらず、家に着くまで志穂さんと顔を合わせられずにいた僕。

お出かけの最後、お互いに羞恥プレイをさせられるとは思わなかった。

＊

「ちくわ、ただいま～！」

帰宅後、志穂さんが玄関でちくわを呼ぶと『うにゃうにゃ』言いながらお出迎え。

買い物袋の中から美味しそうな匂いがするのか、ちくわは袋に頭を突っ込む。

「ちくわのおやつもあるから後で食べようね」

志穂さんは荷物と一緒にちくわを抱えてリビングに移動する。

「いい時間ですし、夕食の準備を始めましょうか」

「そうだね。二人で手分けしよう」


準備を終えると、僕らはささやかながら二人暮らしのお祝いを始めた。

買ってきたパーティー用のオードブルとケーキをテーブルに並べ、雑貨屋で買ったグラスに僕はジュース、志穂さんは梅酒のソーダ割りを注いで乾杯の声と共にグラスを重ねる。

こうして家で食事やパーティーをする機会は今まで何度かあった。

ただいつもと違うのは、三つある椅子のうち一つが空いていること。

お互いに席が空いていることについて、心なしか寂しさというか物足りなさのようなものを感じているとは気づいてはいるものの、そのことには一言も触れようとしない。

二時間もすると志穂さんは酔いが回って目が虚ろになり始め、その三十分後——。


「志穂さん？」

お手洗いから戻ると、志穂さんはテーブルに伏せていた。

「寝ちゃったか……」

僕はソファーに置いてあったブランケットを志穂さんの肩に掛ける。

お酒のせいもあるんだろうけど、この二日間ずっとバタバタしていた。

いつもならゆっくり休むはずの週末にフル稼働していたんだから疲れて当然。

いつも以上にテンションが高かったし、なにより僕に気を使って疲れもしただろう。

志穂さんを起こさないようにテーブルを片付け、キッチンで洗い物をしながら志穂さんに目を向けると、ちくわがテーブルの上で志穂さんに身を寄せるように丸まっていた。

洗い物を終えると席に戻り、二人を起こさないようにそっと腰を下ろす。

志穂さんとちくわの穏やかな寝顔を見つめながら思うこと。


――どうして志穂さんは引っ越してきたんだろう。


いや、どうしてなんて言い方は今さらか。

志穂さんは葬儀場で『これからは私が健（たける）の代わりに傍にいる』と言っていた。

それは心の支えになるという意味ではなく、離れていてもなにかあれば駆けつけるという意味でもなく、言葉の通り一緒に暮らすという意味だったということ。

だから正確には、なぜ兄の代わりに僕の面倒を見ようと思ったのか？

でも志穂さんは、その疑問にも答えてくれている。


――健から稔君の傍にいてあげてほしいって頼まれたの。


僕が昨日から疑問に思っているのは、その一言だった。

なぜなら僕の兄、七瀬（ななせ）健は絶対にそんなことを言う人ではないからだ。

義理の弟でもない僕を託し、婚約者の未来を縛るような人ではない。

むしろ僕らのことは気にせずに幸せになってほしいと願うはず。

兄は僕が一人で生きていくために充分なお金を残してくれた。

もちろん志穂さんの言う通り、僕が未成年であるが故の問題は多々ある。

志穂さんのような大人が保護者代わりになってくれると助かるのも事実だろう。

でも、これから僕が直面する大半の問題は行政の協力とお金で解決できる。兄から余命を聞かされた後、僕なりに兄を安心させようと一人で生きていく術は調べていた。

だから兄が志穂さんに僕を託す理由はないはずだった。

志穂さんに向けていた視線を仏壇に向ける。

「兄さん……どういうつもりなの？」

写真立ての中で笑顔を浮かべている兄に問う。

返事があるはずもないのに尋ねずにはいられなかった。

「んんっ……」

すると志穂さんが小さくうめくように声を漏らす。

「健……私が……」

起こしてしまったかと思ったけど、小さな声で囁くと再び眠りに落ちていく。

僕は志穂さんの寝顔を見つめながら、そんなことを夜が更けるまで考え続けていた。

志穂の日記

Hitotsu yane no shita, ani no konyakusha to koi wo shita.

稔(みのる)君と初めて二人だけでお出かけした。

少しでも元気づけてあげられたらと思って、普段より高めのテンションで接してみたけど、どうだったんだろう……逆に馴れ馴れしいと思われなかったかな?

稔君は落ち着いていて、あまり感情を表に出すタイプじゃないから心の中を見て取ることはできないけど、少なくとも昨日よりは元気だったような気がする。

思春期の男の子だし、距離感を間違えて引かれないように気を付けないとね。

あ……ナンパから助けてもらった時、思いっきり引かれた気がする。

とっさのこととはいえ、確かにあの発言はヤバかったよね。

次からは気を付けるとして……でも、助けてもらった時は驚いたな。

まさか稔君が、私が初めて健(たける)に会った時みたいに助けてくれるなんて思わなかった。

あれは今から二年前――。
ショッピングモールで買い物していたら知らない男性にお茶に誘われた。

何度断っても諦めてくれなくて、怖くて強く言うこともできなくて……周りの人たちに助けを求めて視線を送っても無視されて、どうにもならなくて困っていた時だった。

一人の男性が間に入って助けてくれた。

その時の私は怯えていたせいもあって、お礼も言えずに別れてそれっきり。

それから半年が経ったある日、親友の悠香から職場の先輩を紹介したいと言われ、ランチに誘われてお店に行くと、ショッピングモールで私を助けてくれた男性の姿があった。

その男性というのが他でもない、健だった。


世間は狭いなと思うと同時に運命みたいなものを感じた。

それから私と健がお付き合いをするまで時間は掛からなかった。

今日……私の前に立った稔君の背中の頼もしさが、あの日の健の背中と重なった。タイプは全然違う二人なのに、同じように私を助けてくれるなんて……やっぱり兄弟だよね。


でも私は守られる立場じゃなくて、守る立場なのを忘れちゃいけない。

彼を支えることが、亡き婚約者と交わした最後の約束なんだから。

三話　叶えられなかった夢……

学校に復帰して一週間が過ぎた火曜日の朝。

支度を終えてリビングに降りると、志穂さんが朝食の準備をしてくれていた。

「おはようございます。なにか手伝いましょうか？」

「おはよう。あとはお味噌汁をよそうだけだから座って待ってて」

テーブルに視線を向けると、焼き鮭と玉子焼き、お漬物に納豆など、いかにも日本の朝食といったおかずが並び、食欲をそそる香りが辺りを包んでいる。

お言葉に甘えて待っていると、すぐにお味噌汁を持ってきてくれた。

志穂さんはエプロンを外して椅子に座り、向かい合って手を合わせる。

「「いただきます」」

お味噌汁を口に運ぶと、味噌の優しい味と温かさに息が漏れた。

ほどよい塩分が寝起きの身体に染みわたり、寝ぼけていた頭が覚醒していく感覚。無意識ながら身体がもう少し塩分を求めているのか、気づけば箸は焼き鮭に伸びていた。

うん……塩の当て具合も焼き加減もいい感じ。

「お味はどうかな？」

「はい。美味しいです」

志穂さんは安心した様子で口元をほころばせる。

正直なところ、お世辞抜きに志穂さんは料理が上手い。

それは以前、志穂さんが僕と兄に手料理を振る舞ってくれた時から知っていたけど、こうして毎朝作ってもらっていると、美味しさと一緒に思うことがある。

「いつも忙しい兄に代わって僕が食事を作っていたからだと思うんですけど……自分の作った料理ばかり食べていると、自分の味付けに飽きてしまうことがあるんですよね」

同じ料理でも作る人や家によって味が変わるのはよく聞く話。

よく言えば家庭の味というんだろうけど、味付けのクセというか、なにを作っても似たような味で飽きてしまうのは一人暮らしで自炊をしている人ならわかってもらえるはず。

だから兄が生きていた頃、週に一度は外食をするようにしていた。

「誰かの手料理を食べられるのはありがたいです」

「そっか。それだけでも一緒に暮らし始めた甲斐があるね」

些細なことだけど志穂さんの言う通り。

小さな感動はさておき、ようやく目が覚めてふと気づく。

「志穂さん、今日はいつもよりカジュアルな格好ですね」

「あ、やっぱり少し派手かな？」

志穂さんはお箸とお茶碗を手にしたまま自分の姿に目を向ける。

いつも仕事の日は落ち着いた色合いのスーツを着ているけど、今朝（けさ）は珍しくカジュアルな感じというか、春らしい明るめのブラウスとスカートのコーディネート。

ソファーに掛けてあるジャケットもスカートと同じ色合いの物。

「派手というほどでもないと思いますけど」

「ならよかった。今日のために新調したんだ」

「仕事で会食やパーティーでもあるんですか？」

「それはナイショ♪」

志穂さんは含みのある笑顔で口元に指を立てた。

無理に詮索はしないけど、なんだか少し嫌な予感がする。

志穂さんが悪戯っぽい笑みを浮かべる時は、得てしてなにか企（たくら）んでいることが多いのは経験則的に間違いないんだけど、今はそんなことを聞き出している時間はない。

僕は朝食を終えると食器を片付け、鞄（かばん）を手に玄関へ向かう。

「はい、お弁当。お勉強頑張ってね」

「ありがとうございます。志穂さんも頑張ってください」

「うん。じゃあ、また後でね」

僕はお弁当を受け取り、志穂さんに見送られながら家を後にする。

何度か振り返ると、志穂さんは姿が見えなくなるまで手を振り続けていた。

＊

こんな感じで、突如始まった僕らの生活は思った以上に順調だった。

いくら兄の婚約者で知っている相手とはいえ、年上の女性と二人きりで同居生活をするなんて上手くいくとは思えない。色々な問題が起きると思って覚悟していたんだけど……。

意外なことに全くそんなことはなく、むしろ穏やかな日々を過ごしていた。

もちろん僕も志穂さんも心の中で思うことはあるんだろうけど、それは他人同士に限った話ではなく、本当の家族同士でも一緒に暮らしていれば多少なりともあること。

むしろ全くないなんてことの方がおかしい。

それらを考慮しても、僕らの生活は上手く回っていた。

それは一緒に暮らす上で、いくつかルールを決めたからだろう。

①気を使っても遠慮はしないこと。
②言いにくいことほど相談すること。

③ご飯の用意は朝食が志穂さんで夕食が僕。

①と②はルールというより心構えのようなもの。

③は仕事で帰りが遅くなる志穂さんよりも、僕が夕食を作る方がいいと思って提案したところ、代わりに朝に強い志穂さんが朝食を作ってくれることになった。

これらのルールは同居を始めて早々、とても大切なことだと実感していた。

特に①と②があるおかげで変に気を使いすぎることはなく、様子を窺いすぎることもなく、親しき仲にも礼儀は必要とはいえ肩の力を抜いた付き合いができている。

もちろん、そう感じているのは僕だけかもしれない。

だけど志穂さんも概ね同じように感じているように見えた。

なぜなら、志穂さんの様子が同居を始める前となに一つ変わらなかったから。

嬉しいことがあれば言葉にして喜び、ご機嫌が斜めな時は拗ねるように怒り、仕事で嫌なことがあれば愚痴をこぼし、楽しいことがあれば無邪気な笑みを浮かべて笑う。

喜怒哀楽を隠そうとせず、遠慮のない姿を見せてくれる。

ただ……変わらないからこそ思うこともある。

――それは、志穂さんが泣いている姿を一度も見ていないこと。

もちろん僕が知らないだけで一人枕を濡らしているのかもしれない。

大切な人を亡くした悲しみは、我慢や努力で耐えられるものではない。

まるで半身をもがれたような喪失感と、この世界にたった一人だけ取り残されたような孤独感。それらが耐え難いことは、他の誰でもなく僕自身が一番よくわかっている。

僕に気を使って悲しむ姿を見せないようにしているのかと思った。

だけど……たぶん違う。

志穂さんは本当に泣いていないんだと思う。

なぜなら、もし僕の目の届かないところで涙を流しているとしても、多少なりとも痕跡が見て取れるはず。たとえば泣きはらした後の目の赤みだったり、腫れた瞼であったり。

それは化粧で隠せるようなものじゃない。

そんな様子が見て取れないということは泣いていないんだろう。

ただ勘違いしてほしくないのは、泣いてないから悲しんでいないということじゃない。

悲しんでいてもなお、涙を流さずにいる理由があるのかもしれない。心を痛めていてもなお悲しみに囚われてはいけないとしたら、それはいったいどんな理由なんだろう？

悲しくないはずがないのに悲しみを微塵も感じさせない心の強さ。

その強さが、脆さの裏返しのような気がして怖かった。

そんなことを考えていると一日は驚くほど早く過ぎていく。

気づけば最後の授業が終わり、帰り支度をして席を立った時だった。

「なあ、校門のところに綺麗な人がいるぞ」

不意にクラスメイトたちがざわつき始めた。

さして気に留めるつもりはなかったんだけど『誰かの母親か？』とか『母親にしては若すぎるだろ』とか『じゃあ、お姉さんか？』『どちらにしてもめちゃくちゃ綺麗だな！』なんて、男子生徒が窓の外に目を向けて声を上げていれば嫌でも気にせずにはいられない。

廊下へ向けていた足を一転、外を眺めた瞬間に目を疑った。

「志穂さん……？」

視線の先には校門から正面玄関に向かって歩いてくる志穂さんの姿。

驚きに言葉をなくしていると、僕の姿に気づいた志穂さんが笑顔で手を振ってくる。

勘違いした男子生徒が『今の俺に手を振ってたよな⁉』『いやいや、俺にだろ！』なんて、アイドルのコンサートで自分と目が合ったと勘違いするファンよろしく歓喜する。

そんな男子生徒をよそに、僕は急いで教室を後にする。

「志穂さん！」

正面玄関に着くと、志穂さんが校内に入ってきたところだった。

「なんで志穂さんがここに？　お仕事はどうしたんですか？」

「これから稔君の担任の先生と会う約束なの」

「え……?」

驚く僕に、志穂さんは朝と同じく悪戯っぽい笑みを見せる。

「担任の先生には事情を説明しておいた方がいいと思って、先日連絡したの。そしたら今日の放課後なら時間を取れるっていうから、お仕事は半休を取ってご挨拶に来たんだ」

見送りの時に志穂さんが『また後でね』と言っていた記憶が頭をよぎる。

今日に限ってカジュアルな格好をしていたのはこのためだったらしい。

「えっと、初耳なんですけど……」

「うん。言ってなかったからね」

「なんで黙ってたんですか?」

「サプライズってやつ?」

志穂さんは得意げに言ってみせるんだけど……。

たぶん、サプライズってこういうことじゃないと思う。

「なんて、サプライズっていうのは半分冗談なんだけど、前もって稔君に相談したら『先生への説明は必要ありません』って言って、ご挨拶させてもらえないと思ったから」

確かに志穂さんの言う通り、相談されたら断っていただろうな。

黙って引っ越してきたことも然り、よくわかっている。

「先生からも特になにも聞いてませんけど、まさか……」

「私から説明するから大丈夫ですって言っておいた」

そんなことだろうと思いました。

「先生とはどこで待ち合わせですか？」

「進路指導室に来てくださいって」

「わかりました。案内します」

僕は志穂さんを連れて正面玄関を後にする。

進路指導室の前に着き、ノックしてからドアを開けた。

「失礼します」

すると中には一人の女性教師の姿。

「遅くなってすみません」

「ううん。時間通りだから大丈夫」

穏やかな笑みで出迎えてくれたのは担任教師の梓川（あずさがわ）先生。

去年大学を卒業して新卒で配属され、今年が二年目の若手教師。

生徒と歳（とし）が近いこともあり、親しみを込めて『梓ちゃん』の呼び名で愛されている。

美人で男子生徒から人気があるのはもちろん、女子生徒からは歳の近いお姉さん的なポジションで頼られることが多く、よく恋愛相談に乗ってあげているらしい。

今最も多くの生徒に推されている人気の教師だった。

「どうぞ、おかけください」

「「ありがとうございます」」

梓川先生に促されて席に着く僕ら。

「はじめまして。七瀬君の担任をしている梓川と申します」

「美留街と申します。今日はお時間をいただき、ありがとうございます」

「美留街さんからお電話をいただいた際、ある程度のご事情は伺いましたが……改めて、詳しくお話を聞かせていただいてもよろしいでしょうか？」

「はい。それでは――」

さっそく志穂さんは本題について説明を始める。


すでに僕から伝えている通り、四月に入ってすぐに兄が亡くなったこと。

自分が兄の婚約者だったこと、兄に代わって僕の面倒を見ることになったことを話し、保護者として僕を養うため、十日前から一緒に暮らし始めたことも打ち明けた。

今後、僕の学校生活や進路における相談があれば自分にしてほしいと依頼。

説明をしている間、梓川先生は何度も頷きながら耳を傾けていた。

「お話しいただき、ありがとうございました」

ひと通り説明を終えると、梓川先生は頭を下げて口にした。

「稔君からお兄さんが亡くなったと聞いていましたが、詳しいことは教えてもらってなかったので心配していたんです。美留街さんが傍にいると知って安心しました」

安堵に胸を撫でおろす梓川先生の表情を見て胸が痛んだ。

「……黙っていて、すみませんでした」

「謝らないで。稔君が心配だっただけで、責めてるわけじゃないの。まだ一ヶ月も経ってないんだから無理もないよね。私の方こそ嫌な気分にさせてしまったのならごめんなさい」

僕の気持ちを慮ってくれる言葉に、余計に申し訳なく思ってしまう。

「ご事情はわかりました。なにかある際は、ご連絡させていただきますね」

「はい。そうしていただけると助かります」

「稔君も少しずつ元の生活を取り戻していこうね」

「…………」

だけど僕は、その言葉に『はい』の一言が言えなかった。


梓川先生との三者面談を終えた後。

志穂さんが車を停めている駐車場に向かっている時だった。

「……ごめんなさい」

不意に志穂さんが足をとめて謝罪の言葉を口にした。

「突然謝ったりして、どうしたんですか？」

「稔君、先生にほとんど伝えてなかったんだね」

ああ、そのことか。

「稔君なりに思うところがあってのことだったと思う。私がでしゃばるような真似をしたせいで話すことになったから……やっぱり稔君に相談するべきだったね。ごめんなさい」

「謝らないでください」

志穂さんが謝る必要なんてない。

「遅かれ早かれ話す必要はありました。ずっと話さなきゃいけないと思っていたのに話せずにいたのは、僕自身の問題……むしろ、きっかけを作ってくれて感謝してるくらいです」

それでも志穂さんは申し訳なさそうに肩を落とす。

責任を感じさせないためにも正直に話すべきだと思った。

「僕は兄さんの死を受け入れたくなかったんだと思います」

「健(たける)の死を……？」

僕は深く頷いてから自分の想(おも)いと向き合う。

「兄が亡くなったばかりの頃、たくさんの人がお線香をあげに来てくれました」

会社の同僚、仕事の取引先の方、高校時代の友達や旧知の人たち。

本当に大勢の人が仏壇に手を合わせ、兄の早すぎる死を悼んでくれた。

「だけど、三週間もすれば足を運んでくれる人の数は減ります。誰もが自分たちの日常に戻っていく……まるで何事もなかったかのように、ここ数日は誰も来なくなりました」

それはなにも兄の知人だけでなく、僕のクラスメイトにも同じことが言える。

学校に復帰したばかりの頃、みんなが僕に励ましの言葉を掛けてくれたけど、それも最初の数日だけ。日を追うごとに興味をなくしたかのように以前の態度に戻っていく。

その証拠に、今日学校に着いてドアを開けた時もそう。

もう僕に気を使うクラスメイトは誰もいなかった。

「それは当然だと思います。いつまでも兄の死を悲しみ続けてほしいなんて思いませんし、むしろ早く気持ちに整理をつけてほしいと思っています。クラスのみんなも、いつまでも腫れ物に触れるような態度で僕に接してほしくない。だからこそ――」

そう、だからこそ――。

「僕だけは気持ちに整理をつけたくなかった」

「稔君……」

「誰かに兄の話をすることは、僕自身が兄への想いに整理をつけるということ。僕が兄の死を受け入れて過去の出来事にしてしまったら、兄の死を悼む人がいなくなる。そう思うと、誰かに事情の全て(すべ)を話すことを躊躇ってしまったんです」

だから梓川先生に『元の生活を取り戻していこう』と言われて返事ができなかった。

梓川先生だけではなく、誰かの悪意のない善意に満ちた励ましが苦しかった。

自分の中で兄の存在が希薄になっていくようで恐ろしかった。

事実、今こうしている間にも悲しみが癒えていく。

「いつかきっと、みんな兄のことを忘れてしまう。忘れないにしても、思い出すことはなくなるでしょう。だから僕だけでも想い続けるために、気持ちを整理したくなかった――」

想いを吐露しているうちに自分の感情が揺れるのを自覚する。

兄と最後の別れを交わした時の深い悲しみに心が染まる。

苦しいけど、兄をなくした悲しみが消えるよりはいい。

そう思った瞬間だった。

「大丈夫――」

握り締められた手に感じる懐かしい温(ぬく)もり。

それは兄と最後の別れをした時に感じたものだった。

「私も一緒に健を想い続けるから、稔君一人じゃないよ」

「志穂さん……」

その一言に自分でも驚くほど冷静さを取り戻す。

「さぁ、帰ろう」

いつもの笑顔を浮かべて歩き出す志穂さんに手を引かれる。

今ほど一緒にいてくれる人がいることを嬉しいと感じたことはない。

それでも……心の奥に潜んでいる言葉にし難い感情は晴れない。

せめて兄が生きた証しのようなものがあれば……。

そう思わずにはいられなかった。

＊

その後、僕の想いとは裏腹に日常を取り戻していった。

志穂さんと過ごす日々は、穏やかに僕の心を癒やしてくれる。

あれほど耐え難かった悲しみも、いつしか耐えられるくらいには気持ちの整理がつき始めたけど……それを喜んでいいのか、悲しんでいいのかもわからない。

複雑な気持ちのまま迎えた五月の下旬、よく晴れた月曜日の午前中。

僕らは喪服に身を包み、自宅から車で十五分ほどの場所にある霊園に来ていた。

「少し早く着いちゃったけど、お掃除しながら待ってようか」

「そうですね」

志穂さんに続き、僕は兄の遺骨の入った桐箱を手に車から降りる。

僕らがやって来たのは七瀬家のお墓——つまり、僕の両親が眠るお墓。

ここは古くからある共同墓地で、僕が幼い頃はほとんど整備されていなかった。

だけど、数年前に始まった市の再開発計画による墓地の移転事業が行われた際、あちこちの墓地をここにまとめるにあたり、敷地を拡大すると共に驚くほど綺麗に整備された。

辺り一面に青々とした芝生の絨毯が広がり、道沿いには桜が植林され、春の暖かな日には桜のピンク色と芝生の緑色、さらに雲一つない青空が広がり美しい光景が見られる。

両親の命日が桜の季節で、毎年お墓参りついでにお花見を楽しんでいたんだけど、今年は兄が入院していたから来られなかった。

でも今日は両親のお墓参りに来たわけじゃない。

学校と会社を休んでまで来たのは、今日が兄の四十九日法要だから。

つまり今から納骨で、ずっと傍に置いてあった兄の遺骨ともお別れの日。

そう思うと、まるで二度目の別れを迎えるような複雑な心境だった。

「お水を汲んでいかないとだよね」

「お互いに手が塞(ふさ)がってるので、後で僕が汲みに来ます」

お墓の前に着くと、久しく足を運んでいなかったせいか汚れが目立つ。

僕はお墓の端に桐箱を置くと、水汲み場に行き備え付けの桶に水を汲んで戻る。

志穂さんと二人でお墓を綺麗に掃除し、花立てに水を注いでから持参した花を供えた。

兄の納骨の前に両親に挨拶を済ませておこうと、お線香に火をつけ煙が落ち着くのを待ってから香炉に置き、お墓の前に二人並んで手を合わせる。

しばらくすると、お世話になっている住職が到着。

僕らは桐箱の中から骨壺を取り出してお墓の中に納める。

準備が整うと、住職から軽くお話をしていただいた後、いよいよ法要が始まった。

住職がお経をあげてくれている間、僕らは一歩下がって手を合わせる。

その間、僕は心の中で兄に今までの出来事を報告していた。


僕やちくわは元気にしていることや、志穂さんも元気にしていること。

兄が亡くなってからまだ四十九日しか経っていないと思う反面、もうそんなに経ったのかと驚きつつ、それでも少しずつ元の生活に戻りつつあるから心配はいらないということ。

まだまだ心の整理はつかないけど、それでも頑張っていこうと思っている。

志穂さんとも上手くやっていることを話した。


一方的な報告だけど、久しぶりに兄と会話をしているような気がした。

そう思うのは、生前の兄との会話もこんな感じだったからだろう。

兄は人の話を聞く時、絶対に話の腰を折らない人だった。

他愛のない話をしている時も、世間話をしている時も、真剣な相談を受けている時もそう。

兄はいつも相手の気持ちに寄り添うように黙って頷きながら耳を傾けていた。

その姿はまるで、言葉を聞いているのではなく心を見つめているようだった。

ただ、あの頃と違うのは僕が話し終えても言葉が返ってこないこと。

だけど、返事がないとわかっていても聞かずにはいられないことがある。

それは志穂さんが引っ越してきた日から疑問に思い続けていること。


――どうして兄は、志穂さんに僕を託したんだろうか？


兄だってわかっていたはずなんだ。

それは志穂さんの未来を縛ることに他ならないと。

兄は自分が亡くなった後、愛した人の未来を縛るような人じゃない。

むしろ自分のことは忘れて幸せになってほしいと願う人だと思っていた。

いや、それは僕の思い込みか……兄弟とはいえ、自分以外という意味では他人である僕が、兄の気持ちの全てを理解しているかといえば疑問が残る。

死と向き合った時、自分のことを忘れてほしくないと思った可能性はある。

兄らしくないと思うけど、誰だって死と向き合えばらしくいられなくて当然。

むしろ自分を忘れないでほしいと願うのは自然なことだろう。

今にして思えば、兄は志穂さんの未来を案じている様子はなかった。愛している人の将来を心配せず、むしろ一切の心配がないとでも言わんばかりに穏やかな日々を過ごしていた。

わからない……兄が心の中でなにを考えていたのか。

答えがわかるはずもなく四十九日法要は滞りなく終了。

住職をお見送りした後、僕らは荷物を片付けて霊園を後にする。

唯一わかっていることは、このままじゃいけないということだった。

＊

「志穂さん、少しいいですか？」

帰宅後、僕はソファーでちくわと休んでいた志穂さんに声を掛けた。

兄が亡くなった後、ずっと手を付けなければいけないと思いながらも、どうしても手を付ける気になれず後回しにしていた作業に着手する決意を固めながら。

「どうかした？」

「実は志穂さんに手伝ってほしいことがあるんです」

「私で手伝えることならなんでも言って」

むしろ志穂さん以外にはお願いできないこと。

僕は小さく深呼吸をしてから言葉にする。

「兄の遺品整理をしようと思っています」

「健の遺品整理――？」

兄が亡くなって以来、未だ兄の部屋は手付かずのままだった。

正確には亡くなる前、いよいよ長くはないと医者に告げられて入院した日から。

片付けてしまったら兄の死を嫌でも受け入れなければいけないような気がして、手を付けるどころか部屋に入ることすら避けていたけど、このままというわけにもいかない。

片付けるなら四十九日を迎えた今日しかないと思っていた。

「お願いできますか？」

志穂さんは一瞬だけ目を伏せる。

「うん……そうだね。一緒にやろうか」

すぐに顔を上げ、穏やかな笑みを浮かべて頷いた。

僕らはリビングを後にして二階にある兄の部屋へ向かう。

ドアを開けると、僕らよりも先にちくわが隙間から入っていく。

久しぶりに中に入ると、そこには記憶にあるままの光景が広がっていた。

カーテンは閉められていて部屋の中は薄暗く、窓を閉めきって換気もせずにいたせいか空気が重く、まるでこの部屋の中だけ時間がとまっているような錯覚を覚えた。

カーテンと窓を開けると、部屋に新鮮な空気が流れ込む。

五月にしてはずいぶん温かな風が吹き抜けていった。

「始めましょう」

そう声を掛けながら振り返る。

すると志穂さんは部屋の前で立ち尽くしていた。

「志穂さん……？」

見間違いだろうか？

志穂さんの表情が今にも泣き出しそうに歪（ゆが）んだ気がした。

でも、そう思った次の瞬間にはいつもの笑顔を浮かべていた。

「うん。始めようか」

こうして僕らは兄の思い出に想いを馳せながら遺品整理を始めた。

兄の私物はあまり多くはなく、そんなに時間は掛からずに片付けられそう。

兄が物を多く持つ人ではなかったのもあるけど、医者から余命を告げられた後、まだ元気でいられるうちに少しずつ私物の整理を進めていたんだと思う。

思い返せば、兄が部屋の片付けをしている姿を見かけたことが何度かあった。

その時は『ミニマリストが流行ってるから、俺も乗っかろうと思ってさ』なんて笑いながら言っていたけど、今にして思えば、兄は流行りに乗るような人じゃなかった。

兄は確固たる価値観を持ちつつも、楽観的で人当たりがよく飄々とした人だった。

そんな性格をしているせいで不真面目だと勘違いされやすく、いつだったか『悠香から面倒くさい男扱いされて悲しい……』と、職場の後輩女性に嫌われて割と本気で相談されたこともあったけど、本当は誰よりも思慮深く自分よりも他者を大切にする人だった。

こうして片付けをしている間も兄との思い出は尽きない。

遺品を一つ整理する度に、心も一つ整理がついていくようだった。


「こんなところですかね」

日が傾き始めた頃、あらかた片付けが終わり僕らは一息吐いていた。

残す物は段ボールにしまい、捨てる物は地域のゴミ捨てルールに従ってポリ袋に仕分けしたり紐でくくったり。あとは指定日にゴミ収集所にあるダストボックスに入れるだけ。

「ずいぶんすっきりしちゃったね……」

「そうですね……」

二人で夕日の差し込む部屋を見渡す。

部屋の中は以前の面影を残さず綺麗に片付いていた。

気持ちの整理がついたような、寂しさが増したような複雑な心境。

それでもきっと、僕らが前を向くために必要なことだったと言い聞かせる。

いつまでも気持ちの整理をつけるのが嫌だなんて言っていられないんだから。

「あとは兄さんが使っていたデスクだけですね」

僕はそう言いながら部屋の片隅にあるデスクに手を添える。

デスクなんて言い方をしているけど、これは兄が小学生の頃から使っている机。

大人が使うにはあまりにも小さすぎる学習机だけど、兄は好んで使い続けていた。

何度も買い替えを提案する僕に『下手な業務用デスクより機能的で使いやすいし、木製で趣があっていいだろ？』と、会社でもこの机を使いたいくらいだと言っていた。

なにより亡くなった両親からの数少ないプレゼントだからと。

「これは残そうと思います」

「うん。私もそれがいいと思う」

中身だけは片付けようと引き出しの中を確認する。

「ん……？」

「どうかした？」

「はい。それが……」

一番上の引き出しだけ鍵(かぎ)が掛かっていて開かなかった。

「鍵穴はあるけど、鍵がどこにあるかはわからないよね」

「そうですね——」

そこまで言いかけて、兄の車の鍵に小さな鍵が付いていたことを思い出す。

車の鍵や家の鍵は玄関の壁に取り付けてあるキーラックに掛けて管理している。

僕は階段を降りて玄関へ向かい、兄の車の鍵を手に取って確認する。

すると記憶にあった通り見慣れない小さな鍵が付いていた。

鍵を手に部屋に戻り、志穂さんに見せる。

「この引き出しの鍵？」

「たぶん、そうだと思います」

鍵を差し込むと、なんの抵抗もなく奥まで入っていく。

軽く回すと手応えを感じ、この鍵で間違いないと確信。

ただ、鍵を回す手がとまってしまった。

「………」

ふと頭をよぎる——この引き出しを開けていいんだろうか？

鍵を掛けているということは、隠しておきたい物が入っているということ。

それはデスクの引き出しに限った話ではなく、学校や会社のロッカー。スマホのロック設定など、人は得てして見られたくないものや知られたくないことに対して鍵を掛ける。

つまり、この中には兄の秘密が入っている証拠だろう。

「稔君、どうかした？」

志穂さんは優しく僕に尋ねてくる。

鍵を差したまま黙り込む僕を心配したんだろう。

「開けない方がいいんじゃないかと思ったんです」

「どうして？」

「僕と兄の二人しか住んでいない家で鍵を掛けているということは、僕に見られたくないものが入っているんだろうと思ったんです。兄は何事も包み隠さず話してくれる人でしたけど、だからこそ、この中には兄にとって知られたくない秘密が隠されているような気がして」

もしそうなら、このまま開けずにいるべきだと思う。

そう思って鍵を引き抜こうとした時だった。

志穂さんが僕の手に自分の手を重ねた。

「私はそうは思わないな」

「え……？」

まさかの一言に疑問の声を上げる僕。

「鍵を掛ける理由は、なにも見られたくないからだけじゃない」

「見られたくないからだけじゃない……？」

「人は大切な物にも鍵を掛けるでしょう？」

その言葉に引き抜こうとしていた手の力が抜けた。

「もし本当に見られたくない物が入っているなら生前に処分してると思う。健は大切な物を片付け忘れるような人じゃないし、ましてや鍵を掛けるほど見られたくない物を入れているんだとしたら、こうして鍵を残しておくなんて考えられない」

確かに志穂さんの言う通りだと思った。

「見られたくないわけじゃないんだけど……そうだな。見られたら少し恥ずかしいから、鍵の掛けられる場所で保管していたのかもね。でも、稔君が見たいのなら見ても構わない。鍵を残しておいたのは、きっと健のそんなメッセージだと思う」


――見てもいいけど、他の奴には秘密だからな。


少し照れくさそうに口にする兄の表情が頭に浮かんだ。

さすが兄の婚約者……僕よりずっと兄のことを理解している。

「そうですね。志穂さんの言う通りだと思います」

抜きかけた鍵を差し込み直して力を込める。

迷いなく捻ると鍵は回り、開錠を知らせる小さな音が響く。

引き出しをゆっくり開けると、中には革製のカバーが掛けられた手帳が入っていた。

元は明るめの茶色だった革が、使い込むにつれて艶（つや）のある飴色に変わっていった経過が見て取れる。ところどころ痛みはあるものの、その傷もまた味わい深くもある。

長い間、とても大切に使っていたのが容易に想像できた。

「手帳……？」

「そうみたいですね」

僕は引き出しから手帳を取り出す。

どうしてか、見た目以上に重さを感じた。

「ここで見るのもなんですからリビングに行きましょう」

「私も一緒に見ていいの？」

「もちろんです。兄もそのつもりだったと思います」

僕と志穂さんが一緒に暮らすことを兄が承知していたのなら、この状況も想定内のはず。

僕らはちくわを連れてリビングに戻り、紅茶を淹れてからソファーに腰を下ろす。

手帳をテーブルに載せ、二人の間に置いてページをめくり始めた。

最初のページに書かれていた日付は、今から約六年前。

兄が社会人になり、二人暮らしを始めた日から始まっていた。

毎日ではないけど、僕らが過ごした日々が兄の語り口そのままに書かれている。

兄に日記をつける習慣があったことに驚きながら、僕らは一ページずつゆっくりと兄の記した日々を追うように目を通していく。

二人で過ごした何気ない日々の思い出や、お互いの誕生日やクリスマス。僕の中学校の入学式や卒業式など、まるで親が子供の成長記録を残すように思い出が記されていた。

途中から志穂さんも日記に出てきて、三人で過ごした幸せな思い出も。

どれだけ僕らが愛されていたかを実感せずにはいられなかった。


「「…………」」

どれくらいの時間が過ぎただろう。

しばらく言葉もなく手帳を眺めていた僕たち。

ページの残りが三分の一くらいになると日記の部分は終わり、カラフルなインデックスで仕切られていた。ここから先は明らかに日記とは違う使い方をしていたのが見て取れる。

仕事で使っていたページかと思いながらめくった瞬間、手がとまった。

「これは……」

インデックスの表紙には『子猫日和・事業計画』と書かれていた。

子猫日和という単語の意味はわからないけど、事業計画と書いてあるのを見る限り、兄は勤めていた地方新聞社を辞めて事業を起こそうと考えていたんだろうか？

疑問が頭に浮かぶ中、考えるよりも先にページをめくる。

すると、すぐに疑問の答えが目に飛び込んできた。

「……子供食堂の運営？」

そこには子供食堂を開くための計画が記されていた。

読めば『子猫日和』という名前は子供食堂の店舗名らしい。

子供食堂――一般的にはあまり馴染みがない言葉かもしれない。

一言で言えば子供たちのための食堂。もう少し具体的に言うのなら、様々な事情から日々の生活に困窮、もしくは経済的に厳しい家庭の子供たちに無償で食事を提供する場所。

僕も決して詳しいわけではないけど、その程度のことなら知っている。

なぜなら、近年ニュースで取り上げられることが多いから。

兄が子供食堂の運営を計画していたとは知らなかった。

「志穂さんは聞いていましたか？」

僕は知らされていなかったけど、志穂さんは聞いていたかもしれない。

志穂さんとの結婚を控えていた兄にとって、会社を辞めて事業を起こすとなれば二人の将来に関わる話。そんな大切な話を志穂さんに黙っていたとは思えず尋ねてみる。

「いつか稔君が大人になったら、叶えたい夢があるって相談されてたの」

すると志穂さんは首を縦に振ってからそう言った。

「平日に喫茶店を経営する傍ら、週末に子供たちがお腹いっぱいになるまでご飯を食べられる食堂を開いて、複雑な家庭事情を抱える子供たちの拠り所を作りたいって言ってた」

志穂さんの話を聞いて、とても兄らしい夢だと思った。

同時に、志穂さんが何気なく口にした一言が心に突き刺さる。


――いつか稔君が大人になったら。


だけど今は手帳の続きが気になり、胸の痛みを無視して読み進める。

最後のページをめくると手帳の袖ポケットが妙に膨らんでいることに気づいた。

「これは……」

引き出してみると、中に入っていたのは銀行の預金通帳。

カバーを外してページを開き、最後の記帳を見て目を疑った。

残高は四百万円以上――にわかに信じ難い数字が並んでいた。

高校を卒業すると同時に就職し、アパートを借りて二人暮らしを始め、日々の生活費を捻出する傍ら、六年間でこれだけの貯金をしていたという事実に驚かされる。

夢を知った今にして思えば、兄の物持ちがよかったのは物を大切にする人だからという理由以上に、いつか夢を叶えるために節約していたからだろう。

この金額が、兄の想いの強さの表れに他ならない。

そう思うと胸の痛みは増すばかり、だけど——。

胸に溢(あふ)れてくるのは痛みだけではなかった。

*

その日の深夜、僕は自分の部屋で兄の手帳に目を通していた。

一ページ目から読み返し、特に『子猫日和』こと喫茶店兼子供食堂の部分。

そこには兄の夢への想いと、夢を叶えるための事業計画が詳細に記されていた。

兄は生活に困窮する子供たちに無償で食事を提供する場所として、また家庭環境に問題を抱えている子供たちが安心して過ごせる場所として、子猫日和を作ろうとしていた。

いうなれば子供たちにとってのセカンドハウス。

言葉の通り、もう一つの家のような場所。

とはいえ、子供食堂を運営するには相当な資金が必要になる。

子供食堂は支援が目的だから利益（りえき）はなく、運営資金の調達が大きな課題。

兄はその課題を解決するため、平日は喫茶店として経営し、そこで得た利益をもとに週末に子供食堂を運営するつもりだったらしい。

その他にも賛同してくれる団体や食材の提供元、協力者集めの計画。

店舗の図面やメニューの候補、必要な備品や店舗の工事費用も書かれていた。

ちなみに『子猫日和』は小さな猫という意味ではなく、人間の子供と猫という意味。居場所のない子供や野良猫が、心穏やかに過ごせる場所という想いが込められているらしい。

それと本気か冗談か、子猫日和の店長は兄ではなくちくわと書いてあった。

どちらにしても兄らしいと思う。

「兄さんが子供食堂の運営を、か……」

手帳に視線を落としながら思わず零す。

驚きはしたけど、どこか納得している自分もいた。

なぜなら僕には、兄が子供食堂を夢見ていた理由に心当たりがある。

兄はきっと、僕らのような子供たちに手を差し伸べたかったんだと思う。

読み終えた手帳をそっと閉じると、図らずも幼かった頃の記憶が蘇（よみがえ）ってきた。

未だに思い出すだけで胸が痛むけれど、悲しいだけじゃない、心温まる記憶――。

あれは両親を事故で亡くした後のこと。

僕らは紆余曲折あって母方の叔父の家に引き取られたんだけど、その前――少しの間だけ父方の妹、つまり叔母に引き取られていた時期があった。

当時独身だった叔母が僕らを引き取ってくれた理由は定かじゃない。

だけど、おそらく両親が残したお金が目的だったんじゃないかと思う。

そう思うのは、幼心に叔母が僕らを愛していないとわかっていたから。

毎日帰りは夜遅く、仕事が休みの日は僕らを置いて男の人と出かけていく。

引き取られてからしばらく経ち、兄の通っていた小学校が長期休みに入ったある日のこと。

叔母は兄が家にいるのをいいことに、僕の面倒を任せて何日も帰ってこなかった。

その間に冷蔵庫の食料は底を尽き、食べ物を買うお金もない。

なにも食べずに二日が過ぎた頃、お腹を空かせてぐずる僕のために、兄はキッチンに残っていたわずかな小麦粉に水を混ぜてお団子を作り、鍋で茹でたものを食べさせてくれた。

二人で半分ずつにしようと言う僕に『俺は平気だから全部食べな』と言ってくれた兄の笑顔は、あれから十三年くらい経つのに忘れることはなく、思い出す度に心が軋む。

本当……我ながら余りにも酷い記憶だと思う。

でもそれは、幸いにも悲しいだけの記憶にはならなかった。

その後も叔母は帰宅せず、限界を迎えていた僕らは助けを求めて家を出た。

周りに頼れる大人はいなかったけど、兄の通う小学校にいけば先生がいる。事情を話せば助けてくれると思い小学校へ向かったんだけど、二人には歩く体力すら残っていなかった。

それでも兄は僕をおぶって歩き続け、途中、限界を迎えて公園で力尽きた。

今にして思えば、近所の家に助けを求めて駆け込めばよかったと思う。

だけど、当時幼かった僕らにそんな考えは浮かぶはずもない。

途方に暮れながらベンチに座っていた時だった。

「――キミたち、どうかしたの？」

一人の女性が優しく声を掛けてくれた。

もう顔も覚えていないし、何歳くらいの人だったかも覚えてない。

でも、幼心に綺麗なお姉さんだと思った記憶だけが薄らと残っている。

心配そうに僕らの顔を覗(のぞ)き込む女性に、兄が一言『お腹が空いているんです』と伝えると、女性はなにも聞かずに僕を背中におぶり、兄の手を引いて公園を後にする。

そうして連れてこられたのは、古ぼけた小さな一軒家だった。

案内されて中に入ると、そこは個人経営の飲食店のような作りになっていて、カウンター席と数組のテーブル席があり、兄と同じ年齢くらいの子供が食事をしていた。

女性は僕らをテーブル席に座らせると、すぐにカレーライスを持ってきてくれた。

お金がないと言う兄に『お金はいらないから大丈夫』と言ってくれて、その言葉に安心した僕らは遠慮なくカレーライスを食べ、お代わりまでさせてもらった。

小さな子供でも食べられるように作られた、とても甘くて美味しいカレー。

後から隠し味にチョコレートが入れてあると教えてもらい、それ以来、兄の一番好きな食べ物はチョコ入りのカレーライスになり、大人になっても変わらなかった。

その後、どういう経緯か僕と兄の状況を知った母方の叔父が現れて引き取られるまでの間、僕らは何度も女性のお世話になった。

——あの女性がやっていたのが、今でいう子供食堂だったんだろう。

おそらく当時から、あの女性と同じように子供たちに無償で食事を提供している大人はいたと思うけど、子供食堂という言葉も活動も今ほど根付いてはいなかったと思う。

あれ以来、女性と会うことはなかったけど心から感謝している。

「懐かしいな……」

あの出来事は、間違いなく僕らの人生を良い方向へ変えてくれた。

おそらく僕以上に、兄の生き方に大きな影響を与えたと感じている。

兄が自分よりも他者を大切にしていたのも、困っている人がいれば無条件で手を差し伸べていたのも、捨て猫を見かける度に保護しては保護団体へ連れていっていたのもそう。

兄の人間性のルーツは、あの女性の優しさに触れたことに由来している。

「まさか子供食堂が夢だとは、思いもよらなかったけど……」

兄はあの女性に憧(あこが)れていたのかもしれない。

もしかしたら兄にとって、初恋の人だったのかもしれない。

当時、兄は小学校高学年だったから、年齢的に初めての恋心を抱いても不思議じゃない。自分たちの命を救ってくれたと言っても過言ではない人に恋をするのは自然なことだ。

そう思うくらい、兄はあの女性にとてもよく懐いていた。

「兄さんの夢か……」

手帳の表紙に手を添えながら呟く。

「……僕のせいだ」

夢を抱き、夢を叶えるために計画し、お金を貯めて……僕を養うために先送りにしていたせいで、夢を叶えることなく志半ばで帰らぬ人となってしまった。

つまり僕がいたが故に、兄は夢を追うことができなかったということ。

志穂さんの言っていた『いつか稔君が大人になったら、叶えたい夢があるって相談されてたの』という言葉が、あの瞬間から心の奥に棘のように刺さって抜けない。

もちろん兄は僕のせいとは一ミリも思っていないだろう。

志穂さんが僕を責めるつもりで言ったんじゃないこともわかっている。

それでも僕が早く大人になっていれば、二人には違った未来があったはず。

今ほど自分が子供であることを呪いたくなったことはない。

自分自身に問う——僕はどうするべきだろうか?

「いや、違う……」

どうするかなんて兄の夢を知った瞬間に決まっている。

時計の針が深夜の三時を回った頃、僕は一人決意した。

*

「志穂さん。少しいいですか?」

翌日の夜、夕食を済ませた後のこと。

僕はソファーで食休みしている志穂さんに声を掛けた。

「もちろん、大丈夫だよ」

志穂さんはソファーの端に寄って隣に座るように促す。

お礼を言ってから腰を掛けると、僕は結論から口にした。

「一晩考えました——僕は兄の代わりに夢を叶えようと思います」

その一言で全てを察したんだろう。

そう告げる僕の瞳を、志穂さんは真っ直ぐに見つめていた。

「何度も手帳を読み返して、考えて……兄の夢に対する想いと向き合って決めました。兄の果たせなかった喫茶店兼子供食堂という夢、子猫日和は僕が代わりに叶えます」

いつも笑顔を絶やさない志穂さんが見せる真剣な瞳。

あまりにも真っ直ぐすぎて、瞳を逸らすどころか瞬きすらできない。

「ずっと考えていたんです……なにか兄が生きた証しを残せないかなって。そうすれば兄を忘れることはないし、なにより、僕のために頑張ってくれていた兄への恩返しになる」

志穂さんが僕の決意を聞いて、どんなリアクションをするかわからなかったから、僕なりに本気だということを伝えるべく言葉に精一杯の誠実さを乗せたつもりだ。

たとえ理解されなくてもとめられても、僕は兄の夢を叶える。

なにを言われても僕の決意は揺るがない。

「……わかった」

すると志穂さんは柔らかな笑みを浮かべて呟く。

「私も協力する。二人で一緒に健の夢を叶えよう」

……嫌な予感ほど当たるとはよく言ったもの。

正直、一番望んでいない返事をされてしまったと思った。

兄の夢を叶えると伝えれば、志穂さんがそう言うのはわかっていたこと。

そんなことになれば、なおさら志穂さんは兄を忘れられなくなるから、どうか手伝うなんて言わないでくれと神にも祈る思いでの告白だったのに……そう上手くはいかないらしい。

「私も稔君と同じ気持ち。だから一緒に夢を叶えてあげたい」

志穂さんは僕に右手を差し伸べてくる。

だけど、この手を握り返すことはできない。

志穂さんのためにも協力はいらないと伝えるべきだ。

だけど……そう言えなかったのは、志穂さんも僕と一緒だとわかったから。

僕が本気であることを伝えるため、言葉に精一杯の誠実さを乗せたように、志穂さんの瞳と言葉にも僕が断り切れないほどの想いの強さと覚悟が乗せられていた。

僕には志穂さんの覚悟を突き放せるだけの言葉がない。

「……ありがとうございます」

僕は躊躇(ためら)いながらも、その手をそっと握り返す。

こうして僕らは兄の夢を叶えることを決意した。

志穂の日記

健（たける）の夢が子供食堂を開くことなのは知っていた。

プロポーズをされた後、二人の未来に関（かか）わる話だからと教えてくれたのが最初。

初めて聞いた時、とても健らしい夢だなと思った。健と私で喫茶店を切り盛りして、ちくわが看板猫としてお客様をお出迎えして、稔（みのる）君がたまにお手伝いしてくれる。

経営は大変かもしれないけど、私は家族四人が食べていければそれでいい。贅沢なんてしなくてもいいから、余ったお金は私たちみたいな子供たちのために使ってあげたい。

二人でそんな未来を想像しながら、色々な喫茶店に足を運んだよね。

それは幸せと呼んでいい未来のはずで、いつしか私の夢にもなっていた。

健が亡くなって、もう夢は叶（かな）わないと諦（あきら）めていた。


でも手帳を見た瞬間、健が夢を諦めていなかったと気づいた。

稔君にも言ったことだけど、きっと健はあえて手帳を残していった。

いつか稔君が気づくとわかった上で、自分の夢を知る機会を残しておいたんだと思う。

それは稔君の気持ち次第で、夢を託すつもりだったということ。

なにも言わずに手帳だけ残したのは、稔君に選択の余地を残したんだと思う。夢を継ぐことを強制せず、稔君が自分の意思で継いでくれるのであれば託したいという健の配慮。

結果、稔君は健の生きた証しを残そうと、夢を叶える決意をしてくれた。

でも正直に言うと……話を聞いた瞬間、私はとめようと思った。

健の夢を叶えたいと思ってくれることを嬉(うれ)しいと思う反面、よくないとも思った。

稔君はまだ高校二年生。これから将来について考え始める大切な時期なのに、自分のことを後回しにして健の夢を叶えようなんて、彼のためになるとは思えなかったから。

弟だからって兄の夢を叶えなくちゃいけない理由はない。

だけど稔君の真剣な瞳(ひとみ)を見たら、なにも言えなくなってしまった。

やっぱり兄弟って似るのかな……あの表情を見た瞬間、ドキッとした。

容姿も性格も、言葉遣いも違う二人。むしろ兄弟なのに違うことの方が多い二人。なにもかも対照的なのに、真剣な表情をしている時の瞳の色だけがそっくりだったから。

あんな瞳で訴えられたら、とめることはできない。

だから私はとめることを諦める代わりに、協力しようと決意した。

四話　思い出の場所とメニュー……………

兄の夢を叶（かな）えると決めた僕は、まず勉強することにした。

というのも、僕は子供食堂についてはもちろん喫茶店の知識もない。

どのくらいないかといえば、言葉の通り全くの無知と言っていいレベル。

兄の手帳——つまり事業計画には色々なことが書いてあったけど、僕が無知すぎるあまり内容を読み取れないというか、きちんと理解できない部分がたくさんあった。

それにあれは、事情計画というよりもアイデア帳のようなもの。

お店の概要やメニュー案や店舗の図面、手続き関連など、内容は多岐にわたって書いてあるものの、じゃあ具体的なことが書いてあったかというとそんなことはない。

というよりも、兄は自分用のメモだから書いておく必要がなかったんだろう。

その証拠に書かれていた文字はお世辞にも綺麗（きれい）とはいえず、ほぼ殴り書き。兄は生前に『俺（おれ）は字が汚いけど、汚いなりに人が読める字で書くようにしてる』と言っていた。

とても素晴らしい心がけだけど、僕と志穂（しほ）さんで夜中に三十分考えても解読できない文字の羅列を見た時は、まるで初めて見た文字を解読する考古学者の気分だった。

読ませる予定がないとしても、もう少し綺麗な字で書いてほしい……。

つまりなにが言いたいかというと、自分の頭の中に正確な事業計画があるから手帳はアイデアレベルの記入でよく、人に読ませるために書いた物ではないということ。

そんなわけで、毎晩少しずつ勉強することにしたんだけど……。

まさかのまさか、志穂さんからストップが掛かった。


「健の夢を叶えるのは応援するけど、稔君は高校生。学業を疎かにするのは保護者として看過できないから、子供食堂については私が勉強する。稔君は喫茶店について勉強してね」

「わかりました。確かに担当を分けた方が効率的ですよね」

「お互いに勉強したことを持ち寄って共有し合おうね」


そんな感じで半ば強引に役割分担をすることに。

でも正直、志穂さんの提案はなるほど確かに理に適っている。

学業や仕事に限らず自分の中にインプットした情報は、誰かに話したり説明したり、アウトプットを行うことで自身の理解度を高めることができる。

なぜなら自分が理解していないことは人に説明できないから。

人に教える意味でも自身の理解度を確認する意味でも良いアイデアだと思う。

ただ、一つ懸念というか心配していたことがあって……志穂さんは毎日仕事で疲れて帰ってくるのに、寝る前に勉強するなんて大変じゃないかと思っていたんだけど。

「こうして勉強してると学生の頃を思い出すよね♪」

意外なことに、本人はとても楽しそうにやっていた。

仕事帰りにショッピングモールの文房具店でノートとカラーペンを買ってきて、背中を丸めながらテーブルに向かう姿が定期テスト前の高校生みたいで微笑ましい。

それを言ったら『制服を着たらまだ高校生でいけるかな⁉』と、期待に瞳を輝かせながら質問されたんだけど……ノーコメントでいたのが相当不満だったんだろう。

高校時代の制服を引っ張り出し、頰を膨らませながら『いけるってことを証明してあげるから、今度二人で制服を着てお出かけしよう！』とぷんすこしながら迫られた。

黙っていた理由は年齢的に厳しいと思ったからじゃなく、むしろ逆なんだけど。

ていうか、大人になっても高校の制服って持っているものなんだ。

なにに使うかはさておき、数日後の夜。

志穂さんがお風呂から上がった後のこと。

「子供食堂って、やろうと思えば誰でもやれるみたいね」

僕がドライヤーを片手に志穂さんの髪を乾かしていると、テーブルに向かって勉強している志穂さんがドライヤーの音に負けないように大きめの声でそう言った。

「どういうことですか？」

「子供食堂を開くにあたって行政の許可や特別な資格は必要ないんだって」

「へぇ……それはちょっと意外でしたね」

僕はドライヤーの強さを一段階下げ、音を小さくしてから答える。

ちなみに、なぜ僕が志穂さんの髪を乾かしているかというと、志穂さんは髪を乾かすのが苦手らしいから。もう少し正確にいうと、お風呂に入るのが苦手だから。

というのも、女性はお風呂に入る前にお化粧を落としたり、お風呂から上がったら長い髪を乾かさないといけなかったり、入るのを億劫に思う人は意外と多いらしい。

同居開始から数日後、なかなかお風呂に入ろうとしないから聞いたら発覚。

とはいえ入ってもらわないと掃除ができないので困っていると『稔君が髪を乾かしてくれるなら入る』とおねだりされ、仕方なく僕が毎日髪を乾かすことになって今に至る。

まぁ髪を乾かしてあげるのは全然いいんだけど……。

いい香りがしてドキドキするのが困りもの。

「子供食堂は全国にたくさんあるけど、たとえば主婦の人たちが集まって実施したり、ＮＰＯ法人が社会貢献活動の一環で行っていたり、形態は様々あるけど基本的に自由だって」

「思っていたよりもハードルが低そうで安心しました」

「ただ調理をするわけだから、それに関する資格や保健所への届け出は必要みたい」

「なるほど……だから喫茶店なんですね」

「どういうこと？」

志穂さんは不思議そうに首を傾げる。

「兄さんが子供食堂とあわせて喫茶店をやろうと考えていたのは、場所と活動資金の確保だけが目的ではなく、その辺の資格や届け出の課題を解決するためでもあったんだと思います。喫茶店をやれば、必然的に食事を提供するための条件はクリアできますからね」

「確かに。あとは健がコーヒー好きだったのもあると思うな」

そう、志穂さんの言う通り兄はコーヒーをこよなく愛していた。

コーヒーを飲まない日はなく、趣味は昔ながらの趣のある喫茶店巡り。

味にうるさいくせにコーヒーを淹れるのは苦手で、でも好きすぎるから毎日飲みたいと家庭で本格的なコーヒーを淹れられるエスプレッソマシンをレンタルしていたくらい。

……兄が本当に喫茶店を経営できていたか疑問だなぁ。

「必要な資格や届け出は僕の方でまとめてあるので、後で共有します」

「ありがとう。じゃあ、次のお話だけど――」

志穂さんはノートに視線を戻して続ける。

「子供食堂をやるには場所と協力者が大切だって」

「場所と協力者？」

「場所には二つの意味があるから順番に説明するね」

志穂さんは指を一本立てながら言葉を続ける。

「一つは喫茶店を開く建物の問題。テナントを借りるか、店舗を建てるか。前者は初期費用を抑えられるけど毎月家賃が掛かって、後者は家賃がないけど初期費用が大きい。喫茶店で得た利益(りえき)で子供食堂をやるわけだから、なるべく家賃とかの固定費は抑えたいところだよね」

「そうですね……」

志穂さんの言う通り、子供食堂は喫茶店の利益で運営する。

逆に言えば、利益が少なければ子供食堂の運営は厳しくなるだろう。

利益は売り上げから経費を差し引いたものだから、光熱費や原材料費などの変動費よりも固定費――つまり、毎月定額で掛かる人件費や家賃などのランニングコストは抑えたい。

喫茶店について調べる中、ランコスを抑える大切さは何度も目にした。

そして飲食店が潰(つぶ)れる理由の一つが固定費だとも。

「とはいえ、固定費を抑えるために店舗を建てるのは……」

家賃が掛からない分、長い目で見れば出費の総額は抑えられるかもしれないけど、その代わりに初期費用――イニシャルコストが高くついて当面の運転資金に不安が残る。

ていうか、兄が残した四百万円で店舗を建てるのは無理な話。

志穂さんもわかった上で提案してくれているはず。

「長く続けられる保証がないうちに店舗を建てるのは少し危険だよね。一応、この辺りで建てた場合の相場を調べてみるけど現実的じゃないかぁ……」

志穂さんは難しい表情を浮かべながら眉をひそめる。

「格安の中古物件を購入してリフォームするなら検討の余地ありかもしれません」

そう提案すると表情を一転、閃いた感じで手を打った。

「なるほど。少し前から古民家カフェが流行ってるもんね！」

そう、個人経営の喫茶店のスタイルとして近年人気のある古民家カフェ。

昔ながらの趣のある古民家をリフォームし、店舗として再利用した喫茶店。

地方だと空き家問題の解決と地域活性化の手段として、移住者やお店を持ちたい人に格安で提供するような仕組みもあり、古民家を利用した事業を開く人が増えているらしい。

初期投資を抑えて始められることもあり密かなブームだと記事で見かけた。

「できるかできないかで考えず、色々な選択肢を排除せずに検討していきましょう。賃貸か持ち店舗かの判断は、物件価格や初期投資の総額次第なところもあるでしょうから」

「そうだね。実は私、物件の間取りとか見るのが趣味だから調べてみる」

志穂さんは忘れないようノートに『物件探し♪』とメモを残す。

ついでに志穂さんの意外な趣味を知ってちょっと驚き。

「場所の二つ目の意味も教えてもらえますか？」

すると志穂さんは二本目の指を立てて続ける。

「二つ目は出店エリア、つまり喫茶店を開く場所だね。喫茶店に限らず商売をする上で場所はとても重要だよねってお話。ただ、調べながら難しいなって思ったことがあって……」

「なんですか？」

「喫茶店に適した場所と、子供食堂に適した場所って違うと思うの」

「……確かに、そうですね」

その一言で概ね志穂さんの言いたいことを察した。

「喫茶店は人が集まる場所やオフィス街、交通の便がいい場所が向いてるけど、子供食堂は子供たちが足を運びやすい場所がいいから、住宅街の傍とか学校の傍になるでしょ？」

喫茶店視点で考えれば住宅街は好立地とは言えない。

だけど子供食堂視点で考えればむしろ好立地で、その逆もまた然(しか)り。

つまり僕らは両方にとって好条件の場所を探す必要があるってことか。

イニシャルコストとランニングコストの問題に加え、エリアの問題か……。

なかなかどうして、条件は厳しそう。

「これもおいおい考えましょう」

ひとまず結論は保留にして次の議題へ。

「次に協力者についてだけど、これは金銭的支援と人的支援の二つ」

「お金や物で協力してくれる人と、実務を手伝ってくれる人ってことですね」

「そうそう」

兄の手帳にも協力者について少し書いてあった。

「資金や食材を提供してもらえれば手出しの負担は少なくて済むし、お店を手伝ってくれる人は多いに越したことない。とはいえ、子供食堂を開く場所は喫茶店だから小規模だし、私と稔君の二人でこぢんまりやるなら人的支援は必要ないかもしれないね」

つまり僕らの場合、金銭的支援の方が重要ということ。

「協力者ですか……やっぱり僕らだけでは難しいと思いますか？」

正直、学生の僕には喫茶店や子供食堂を運営する大変さがピンとこない。

社会人として働いている志穂さんなら、知らない分野とはいえイメージが湧（わ）いているんじゃないかと思い尋ねてみると、難しい表情を浮かべながら頷（うなず）いた。

「喫茶店の利益がたくさんあって資金に余裕があるなら話は別だけど、無償で食事を提供するなら金銭的支援を受けないと長く続けるのは難しいと思う」

事実、多くの子供食堂は支援を受けていると志穂さんは教えてくれた。

地域の人たちの寄付や、地元の農家や商店、食品会社やフードバンクからの食材提供。市町村によっては子供食堂を継続的に実施している団体に助成金が出るところもある。

中にはそれでも資金が足りず、泣く泣く閉鎖せざるを得ない食堂も……。

それもそのはず、子供食堂は続けるだけ赤字を重ねる活動だから。

さすがに社会人だけあって志穂さんの説明は説得力があった。

「そうですよね……」

こんなことを思うのは我儘かもしれない。

でも僕は、できれば自分たちだけで子猫日和を運営していきたい。

もちろん協力が必要ないと言っているわけではなく、どこの誰ともわからない人や団体の力を借りるのではなく、僕や志穂さんと志を同じくする仲間と夢を叶えたい。

たぶん……兄も同じように思っていたんじゃないかと思う。

だから手広くやらずに個人の喫茶店を母体に選んだ。

「もちろん、絶対に必要ってわけじゃないよ」

志穂さんは僕の気持ちを察してくれたんだろう。

いつものように優しくそう言った。

「私が伝えたのはあくまでモデルケース。無理に全部合わせる必要はないし、私たちに合ったやり方や、私たちにしかできないやり方がきっとある。必要に合わせて考えていこ」

「そうですね」

「でも一応、会社の人や友達に当たって協力してくれそうな人がいないか探しておくね。市役所に勤めてる友達もいるから、福祉課あたりで助成金とか出てないか聞いてみる」

「ありがとうございます」

一緒に考えてくれる人が志穂さんでよかったと思った。

正直なところ、兄の夢を代わりに叶えると決意したのはいいけど想いが先行し、なにから始めていいかわからずにいた僕に、志穂さんは理解を示して導いてくれる。

僕一人だったら、まだ一歩も先に進んでいないと思う。

ただ……抱いている想いは感謝の念だけじゃない。

未だに志穂さんを巻き込んでいいのかという疑問がつきまとう。

僕は志穂さんに面倒を見てもらうことに遠慮があり、僕のせいで志穂さんの将来を縛ってしまうのではないかと懸念しているのに、兄の夢まで手伝わせてしまっている。

それなら協力を断ればいいと思われるかもしれないけど、断ったところで志穂さんは手伝うと言って引かないだろう。僕が兄の夢を諦めろと言われても引かないように。

だから感謝すると同時に、釈然としない思いがついて離れなかった。

「私の方はこのくらいかな。なにかあれば都度伝えるね」

「ありがとうございます」

「次は稔君の番。喫茶店の方はどう？」

ちょうど志穂さんの髪を乾かし終え、ドライヤーをとめて片付ける。

僕は志穂さんの隣に腰を下ろし、ノートを手に調べたことを説明し始めた。

まずは志穂さんも気にしていた必要な資格として、飲食店を開業するのに必須の食品衛生責任者、保健所に提出する飲食店営業許可申請、店舗の規模によっては防火管理者資格など。

他にもパンや菓子を提供するなら菓子製造業許可申請なども必要らしい。

それら資格の意味や取得・届け出の方法を志穂さんへ共有する。

「思ったよりたくさん資格や申請が必要そうだね」

「はい。でも、受講すれば取れる資格ばかりなので難しいことはないようです。ただ年齢制限や、地域によっては学生だと取得不可の場合もあるらしいので、どうしたものかなと」

「それなら私が資格を取るよ。稔君は高校を卒業してからでも遅くない」

ありがたい申し出だけど、やはり素直に喜べなかった。

「開店までに取得できればいいので、急がなくても大丈夫でしょう」

続いて喫茶店を開くにあたって必要な備品をリストアップ。

また内装を決める際の注意事項や、開業に必要な資金のモデルケースの紹介。

今の時代は便利なもので、ネットで『喫茶店、開業、必要な物』などのキーワードで検索すれば情報が出てくる上に、喫茶店の開業マニュアルみたいなページもたくさんある。

ただ、これは全部文字として得た知識でしかない。

「実際のところ、喫茶店経営がどんな感じなのかはわからないですよね」

「そうだよね……話を聞かせてもらえるような人がいればいいんだけど」

便利な世の中になった反面、安易に情報が手に入るのも考えもの。

実際に見聞きした経験や体験して得た情報に比べたらリアリティに欠ける。

「そうだ！」

すると志穂さんは閃いた感じで手を叩く。

「それなら一度、色々な喫茶店を見てみようよ！」

「見て……ですか？」

「勉強のために喫茶店を見て回るの。お客様として行くのと、経営の勉強目的で行くのでは見え方も感じ方も変わってくるはず。今の稔君なら、きっと新しい気づきがあると思う」

「なるほど……」

何事においても視点や意識の変化で受け取り方は変わるもの。

ある程度の知識を得た今、喫茶店を見て回るのはありかもしれない。

「そうと決まれば今週末、二人で喫茶店巡りをしよう♪」

志穂さんは思い立ったらすぐ行動、僕の返事も聞かずに予定を決める。

こうして僕らは喫茶店の理解を深めようと、一緒にお茶をすることになった。

*

「…………」

そして迎えた週末、五月最後の日曜日の朝。

テレビの向こうで天気予報士のお姉さんが『早ければ来週にも梅雨入りです』なんて、あまり喜ばしくない話をしているのを聞き流しながら、僕はリビングで言葉を失っていた。

正確には僕だけではなく、足元にいるちくわも目を丸くしている。

「三年ぶりに着てみたんだけど、どうかな？」

なぜなら、志穂さんが女子高時代の制服を着てリビングに降りてきたから。

グレーのブレザーの下にカーディガンを着込み、首元には可愛らしいリボンタイ。スカートの柄はリボンタイと同じタータンチェックでシンプルながらデザイン性の高い一着。

志穂さんが通っていた女子高は制服が可愛いことで有名で、この制服を着たいという理由で受験する中学生女子が後を絶たず、学校が休みの日も制服で出かける女子がいるほど。

制服姿に合わせてか、今日のお化粧はいつもよりナチュラルだった。

「自分で言うのもなんだけど、普通に高校生でいけると思うんだよね♪」

志穂さんは鼻歌交じりに上機嫌、くるりと一回転してみせる。

膝上十五センチのスカートが遠心力で危ういラインまでふわりと浮かぶ。

さすがに現役の女子高生みたいに生足ではなくストッキングを穿いているけど、個人的にはこちらの方が好みですと思った瞬間、自分の節操のなさに目眩がした。

「はぁ……」

自己嫌悪のあまり、思わず額に手を当てて溜め息を漏らす。

僕は志穂さん相手に、なにをやましい気持ちを抱いているんだ。

確かに女性の魅力的な姿を見てドキッとするのは男性の本能と言っていい。

かつて兄が『男は何歳になっても女子高生の制服にロマンを感じるもんさ』なんて、成人男性としてあるまじき、お巡りさんのお世話も辞さない発言をしていたことを思い出す。

当時はバカなことを言って、くらいにしか思わなかったけど今ならわかる。

どれだけ理性で抑えても煩悩をゼロにすることはできない。

端的に言えば、ぶっちゃけ無理です。

「た、溜め息吐くほど無理ある……?」

志穂さんのテンションが急降下。

この世の終わりのような悲壮感を滲ませた。

「ああ、いえ。そういうつもりじゃなくて」

「ふーん。じゃあ、感想をどうぞ」

志穂さんは頬を膨らませながら僕に制服姿を見せつける。

僕の頭の中で理性という名の天使と、煩悩という名の悪魔がせめぎ合う。

気持ち的には褒めることに抵抗があるけど、かといって誤解させたままにするわけにもいかず、なんて答えるべきか悩んだ結果……素直に感想を口にすることにした。

「とてもよく似合ってると思います」

他意はなく、純粋に感想を伝えた。

やましい気持ちは一ミリくらいしかない。

ていうか、どうか一ミリくらいは許してほしい。

「知らない人が見たら高校生だと信じて疑わないと思います」

「ふふふっ。だからまだ高校生でいけるって言ったでしょ？」

志穂さんは得意げな表情を浮かべて少しだけドヤる。

ただ、似合うのはいいとして気になっていることが一つ。

「もしかして今日の喫茶店巡り、その格好で行くつもりですか？」

「もちろん♪」

ですよね……。

「この前、二人で勉強してる時に制服の話が出たから着たくなったんですか？」

「それもあるけど、大人の私が高校生の男の子を連れ歩いてたら、モールでナンパされた時みたいに勘違いされそうでしょ？　お互い制服姿なら学生同士、変に思われないかなって」

「なるほど。だから僕にも制服を着ろと言ったんですね……」

実は僕も、志穂さんに言われて学校の制服に身を包んでいる。

どうして休みの日に制服なんだろうと思っていたけど、これが答え。

「準備もできたことだし、さっそく出発しよう」

今さらなにを言っても状況が変わるはずもない。

「ちくわ、帰りにおやつを買ってくるからお留守番お願いね」

ちくわは身体を撫でる志穂さんの手に頭をぐりぐり押し付けながらお見送り。

兄が生きていた頃は志穂さんに変な感情を抱くことはなかったのに……なんて思いながら、どうか知り合いに出くわしませんようにと願わずにはいられなかった。


五月の末にもなると気温も上がり、今日は絶好のお散歩日和。

まだ午前中で日差しも強くないからブレザーを羽織っていてもちょうどいいけど、午後になり太陽の位置が高くなったら汗をかきそうな陽気の中、僕らは歩いて駅へ向かう。

空は見渡すかぎり雲一つなく、見事なまでに晴れ渡っていた。

「たまにはこうして、のんびりお散歩するのもいいねぇ」

志穂さんは長い髪を揺らしながら鼻歌交じりに道を行く。

いつも以上にテンションが高いのは制服姿だからだろうか。見た目と一緒に精神年齢まで下がっているような気がするけど……それは今に始まったことじゃなかった。

言ったらぷんすこ怒られそうだから黙っていよう。

「そうですね。お散歩するには一番いい季節だと思います」

「もうすぐ梅雨入りだから、歩いてお出かけするなら今のうちだね」

ちなみに、どうして今日の移動は車じゃないかというと理由は二つある。

一つは僕らの向かっている場所が駅周辺のエリアだから。

これも田舎の地方都市あるあるだけど、得てして駅を中心に開発されていることが多く、駅の近くには多くの飲食店や居酒屋やホテル、今回の目的の喫茶店などが軒を連ねている。

逆に言えば駅から離れるほどお店は減り、他はショッピングモールくらい。

そして駅周辺のお店というのは専用駐車場がなかったり狭かったりするから、車で行くと停める場所に困ることがあり、徒歩や自転車で回る方が効率的だからという理由。

どこかの有料駐車場に停めておくのも考えたけど、天気もいいしね。

そしてもう一つは、今日の志穂さんは制服を着ているから。

成人済みで車の免許を持っているとはいえ、さすがに女子高の制服姿で車を運転しているところをお巡りさんに見つかったら、なにかと面倒なことになること間違いなし。

志穂さんが気にせず車を出そうとしたから、今日は制服姿だから学生らしく徒歩で行きましょうと提案すると『確かに、その方が雰囲気出るよね！』と快諾してくれた。

兄の婚約者と二人、こんな格好で出かけるのは抵抗あるけど仕方がない。

　志穂さんが満足そうだからよしとしよう。


「最初はどこの喫茶店にしようかな」

　そうこうしている間に駅に到着した僕ら。

　志穂さんは顎に指を当てて悩ましそうに考える。

　ちなみにお店選びは志穂さんがしてくれるとのことで、お言葉に甘えることにした。

　コーヒー好きだった兄と一緒に市内の喫茶店はほとんど足を運んだことがあるそうで、その中から兄と志穂さんおすすめの喫茶店に連れていってくれるらしい。

　僕はあまり喫茶店に詳しくないから本当に助かる。

「今日は何店舗くらい回る予定ですか？」

「そうだなぁ……一店舗一時間としても、五店舗か六店舗くらい？　何店舗とか決めないでのんびり回ればいいかなって。今日中に全部足を運ばないといけないわけじゃないしね」

「そうですね。いいと思います」

　目的がはっきりしていれば他はノープランでもなんとかなる。

　いつも三人で出かける時はそうだったことを思い出した。

「じゃあ、さっそく一軒目に行ってみよう」

こうして僕らが最初に訪れたのは、駅から歩いて十分の場所にある喫茶店。

オフィスビルが建ち並ぶエリアの一本裏道を入ったところに佇(たたず)むお洒落なお店だった。

箱型の建物で外壁は白一色。庭に面した部分は大きなガラス張りの窓になっていて、店内の様子が少し窺(うかが)える。窓際の席は緑溢(あふ)れる庭の景色が広がっていて癒やされそう。

高校生には少しハードルが高そうな印象を受ける喫茶店。

少し緊張しながら志穂さんの後に続き、お店の中へ足を踏み入れる。

店内は外観からは想像できないくらい木の温(ぬく)もりの溢れる空間が広がっていた。

壁は外壁と同じく白一色だけど、床は濃い色のカフェ板が敷き詰められていて、テーブルや椅子(いす)も全(すべ)て木製。奥が一段高い作りになっているからか実寸以上に奥行きが感じられる。

バランスよく配置された観葉植物も空間にマッチしていていい感じ。

店内を歩く店員さんの靴がカフェ板を叩き、心地よい音を響かせていた。

「いらっしゃいませ」

入り口で待っていると、すぐに女性店員さんが声を掛けてくれた。

「今日はまた珍しい格好ですね」

「ふふっ。ちょっと学生気分に戻ろうかと思って」

「よくお似合いです。いつもの席でよろしいですか？」

「はい。空いているならぜひお願いします」

そのやり取りから、志穂さんは店員さんと面識があることが窺える。

笑顔が素敵な女性店員さんに案内され、僕らは窓側の席に通された。

外から見た時に思った通り、美しい庭が目の前に広がる特等席。

「素敵な喫茶店ですね。よく来るんですか？」

「うん。健ともよく来てたし、友達と待ち合わせする時もここが多いかな。私の働いてる会社の事務所が近くだから、ランチや仕事帰りに利用させてもらってるの」

「志穂さんの会社って、確か大手の通信企業ですよね？」

「そうだよ。稔君が使ってる携帯電話会社の地域営業職。近々社内の体制変更がある予定でバタバタしてるから、ここで同僚と美味しいものを食べてストレス発散してるんだ」

「体制変更ですか……僕にはよくわかりませんが大変なんでしょうね」

少し前に利用料金の値下げのニュースをよく見かけたけど、あの頃の志穂さんは毎日仕事でぐったりしていて、元気を貰おうとちくわに猫吸いをしていたのを覚えている。

少しでも元気を出してもらおうと兄もチョコを差し入れしていた。

「そう、大変なの……まだ上の人たちしか詳しいことを聞かされてないから心配でね。しばらく忙しくなりそう――って、ごめんね。仕事の話なんてされてもつまらないよね」

「いえ、志穂さんの発散になるならいくらでも聞きます」

「ありがとう。ふふふっ……やっぱり稔君は優しいね」

面と向かって言われると少し照れくさい。

僕は誤魔化すように視線を外して店内に目を向ける。

志穂さんの仕事の大変さはわからないけど、ここが女性に人気なのはよくわかった。

というのも、店内にいるお客様は僕を除けば全て女性。友達同士おしゃべりを楽しんでいる人もいれば、一人静かに読書を楽しんでいる人、子連れの主婦と思われる二人組も。

今は志穂さんと一緒だからいいけど、男一人で足を運ぶのは勇気がいる。

「さて、稔君はどれにする？」

志穂さんはメニュー表を一緒に見やすいように横にして開く。

「そうですね……どうしようかな」

ドリンクメニューだけでも結構な種類があって目移りする。

「もしよかったら、水出しアイスコーヒーがおすすめだよ」

志穂さんは少し意味深な笑みを浮かべながら勧めてくる。

なにか理由がありそうだけど、いったいなんだろう。

「じゃあ、せっかくなのでそうします」

「私はアイスティーと、チョコとオレンジのムースケーキにしようかな」

注文するものを決めると志穂さんは店員さんを呼んでオーダーを済ませる。

運ばれてくるまでの間、僕らは改めてメニュー表に視線を落としていた。

「こうして改めて見ると、たくさんメニューがあるんですね」

「そうだね。ここはランチだけじゃなくてモーニングもやってるから」

メニュー表に記されている営業時間を確認すると、八時半から二十一時。

このお店は朝早くから夜まで営業しているため、喫茶店としてのメニュー以外にもモーニングメニューやランチメニューがあり、夕方以降はアルコールの提供もしているらしい。

ドリンクの種類も豊富でコーヒーや紅茶以外に緑茶も取り揃えている。

これだけ色々あると何度もリピートしたくなりそう。

「僕らも先々メニューを考えないといけませんね」

「うん。今日はその辺も参考にしてみようね」

そんな会話をしながら待つこと十分。

「……これは？」

店員さんが運んできてくれたアイスコーヒーを見て思わず疑問の声を上げた。

テーブルの上には丸氷の入ったグラスと、ピッチャーグラスに入ったアイスコーヒー。

グラスに注がれた状態で運ばれてくるのではなく、自分で氷の入ったグラスにアイスコーヒーを注いでからいただくスタイルで、それだけなら特に驚くようなことじゃない。

僕が驚いたのは、グラスの中に入っている丸氷の方。

なぜなら、丸氷が透明ではなく茶色だったから。

「びっくりした？」

やはり志穂さんは知っていたらしい。

「それはね、コーヒーで作った氷なの」

「コーヒーで作った氷？」

意外すぎて思わず言葉を繰り返す僕。

「アイスコーヒーを飲んでいて、途中で氷が解けて味が薄くなったことってない？」

「ありますね。最後の方は薄くなりすぎて飲むのを躊躇するんですけど、残すのも申し訳なくて飲むものの……だから、あまりゆっくり飲んでいられないんですよね」

「そうそう、アイスコーヒーあるあるだよね。でも、ここのアイスコーヒーは氷をコーヒーで作ってるから、解けても味が薄くならずに最後まで美味しくいただけるってわけ」

「なるほど……」

思わず唸(うな)ってしまった。

世のアイスコーヒー愛好家全員と言ったら大げさだけど、好んで飲んでいる人なら誰しも一度は経験したことがある悩ましき問題を解消する素晴らしいアイデアだと思う。

「最後まで美味しく飲めるのも嬉(うれ)しいですけど、個人的には時間を気にせず楽しめるのがいいと思います。喫茶店に来る人の多くは、ゆっくり過ごしたいと思っているでしょうから」

志穂さんは同意するように何度も頷く。

「さらにもう一つの楽しみ方があってね、氷がコーヒーで作ってあるからミルクを注げばコーヒー牛乳みたいな味になるし、カフェオレを注いでも味の変化を楽しめるの」

「おおぉ……」

ここまでくると、もはや脱帽するレベル。

少なくとも、僕はこんなコーヒーの楽しみ方は見聞きしたことがない。

氷が解けて味が薄くなってしまう問題を解決するだけではなく、別の飲み物を入れても楽しむことができるという付加価値をつけるなんて、お店の商品開発努力の賜物だろう。

解けることをデメリットではなくメリットに昇華している点がすごい。

「健のお気に入りで、いつも二杯目はアイスカフェオレをお代わりしてたの」

「兄もここが好きだったんですね」

「うん。月に一度は二人で来て、いつもこの席で向かい合ってた……」

志穂さんは視線を落とし、僕の手元にあるグラスをじっと見つめる。

その瞳が美しいまでに儚げなのは、兄との思い出に想いを馳せているからだろう。

「さっそくいただこうと思います」

僕はアイスコーヒーと少量のシロップをグラスに注ぐ。

中の氷をくるくると回して混ぜてから、グラスの縁にそっと唇を添えた。

一度口に含んでからゆっくりと飲み込むと、アイスコーヒー特有のまろやかな口当たりと共に、今日のような暖かい日には最高に合う爽やかな香りが鼻から抜けていく。

あまりの美味しさに思わず無言で頷いてしまった。

「美味しいでしょ？」

志穂さんは小さく首を傾げながら尋ねてくる。

言葉尻は疑問形だけど、その言葉は確信に満ちていた。

「美味しいです。ゆっくり飲んでも味が変わらないとわかっているのに、一気に飲み干してしまいたいと思うほどクセがなくて飲みやすいです。今日みたいに暖かい日はなおさら」

「そしたら氷が解ける前に、ぜひアイスカフェオレも頼んでおいて」

「はい。すぐに飲み切っちゃいそうなのでお願いしておきます」

さっそく近くにいた店員さんにアイスカフェオレを注文。

「でもこれ……氷がコーヒーで作られているのとは関係なく美味しいですね」

僕は兄ほどコーヒーに詳しくないけど、兄の影響で飲んでいたから多少味はわかる。

なんていうか……今まで飲んできたアイスコーヒーに比べると、しっかりコーヒー感はあるのに渋みや苦みのクセがなく、すっきりした味わいだからゴクゴク飲めてしまう感じ。

それと、アイスコーヒーにしてはずいぶん色も透き通っている。

「それは水出し、つまり挽いた豆を水で抽出してるからだね」

志穂さんはすぐに僕の疑問に答えてくれた。

「一般的なアイスコーヒーは、お湯で抽出した後に冷やして作るんだけど、そうすると油分も一緒に溶け出すの。油分には豆の風味が含まれるから、油分が多いほど風味は強くなるんだけど、逆に言えばクセが強くなって苦みや渋みが出すぎてしまうこともあるの」

「そうなると、アイスコーヒーにはやや不向きですよね」

なぜなら苦みは温度が低いほどはっきり感じるから。

前に化学だったか家庭科だったかの授業で先生が言っていた。

「さらに言うと、油分は時間が経つと酸化するから多く含むほど苦みや渋みが強くなる。その点、水で抽出すると、水は油と相反するから油分が少なくクリアな味に仕上がるの。透き通るような色みも油分が少ないからなんだって」

僕の疑問にパーフェクトに答えてくれた志穂さん。

「さすが喫茶店巡りが趣味なだけあって詳しいですね」

「でしょ～って言いたいところだけど、健の受け売りなんだ」

「兄さんの？」

「ここのアイスコーヒーに感動して勉強したんだって」

「そうだったんですね……」

兄が子猫日和をやろうと思っていた想いの強さ。

それを、こんなところでも実感させられた気がした。

「さて、私もいただこうかな」

僕はアイスコーヒーを、志穂さんはアイスティーとお供のケーキを楽しむ。

しばらくすると店員さんがタイミングよくアイスカフェオレを持ってきてくれた。

ピッチャーに入ったアイスカフェオレをグラスに注ぎ、あえて氷が解けるのを待つこと十分少々――氷が少し小さくなった頃、軽く混ぜてから一口飲んでみた。

「これは……」

思わず顔がほころぶのを堪えきれなかった。

カフェオレ特有のミルク感の中にしっかりと残るコーヒーの後味。氷が解けるにつれてコーヒーの風味が徐々に濃くなっていき、待つほどに味の輪郭がしっかりしてくる。

ミルクが苦手な人でも楽しめそうだし、お代わりにカフェオレは全然あり。

改めて、この氷と楽しみ方を考えた人は天才だと思った。

「こういう看板メニューがある喫茶店って魅力的ですよね」

「私たちも子猫日和の看板メニューを考えないとね」

看板メニューか……確かに長く愛されるお店には必ずあるもの。

僕らもオープンまでに考えないといけないよな。

「……ん？」

なんて考えていると、不意に視線を感じて顔を上げる。

すると向かいに座っている志穂さんが、なぜか僕をじっと見つめていた。

いや、正確には僕ではなくて、僕が手に持っているグラスに視線を向けている。

試しにグラスを下げると志穂さんの視線も下がり、グラスを持ち上げると志穂さんの視線も上がる。その視線があまりにも物欲しそうで、すぐに視線の意味に気が付いた。

「志穂さんも飲みたいんですか？」

「うん！」

とても良い返事だった。

まるで某猫が夢中になるご飯を前にしたちくわみたいに良い返事だった。

「志穂さんの分も注文しましょう。すいませ――」

「あ、そうじゃなくてね、一口貰いたいなーって」

「……んん？」

店員さんを呼ぶ声の最後の一言が疑問形に変わる。

思わず喉の奥から潰れたような声が漏れてしまった。

「いつも健から一口貰ってたから飲みたくなっちゃって」

いやいやいや、さすがにそれはダメでしょう。

別に一口あげるのは構わないんだけど、僕が口を付けたグラスを使ってもらうのは思春期男子的に悩ましすぎる。グラスの反対側なら口を付けてもいいとかの問題じゃない。

先日、定食屋でチキンカツを一切れあげた時とはわけが違う。

「えっと……」

そんな僕の葛藤をよそに気にしたそぶりを見せない志穂さん。

それどころか顔の前で手を合わせておねだりポーズを取っている。

この手のことを気にしない人はいるけど、僕は志穂さんにとって婚約者の弟。

抵抗はないのかと思ったけど、そうか、むしろ婚約者の弟だから抵抗がないのか。

志穂さんにとって僕は弟みたいなもので、男として意識されていない証拠と思えば、あながち悪いことではないのかもしれない……なんて思っていると。

「わかった。じゃあ一口ずつ交換しよう！」

「え──？」

さらに状況は悪化、とんでもない方向へ転がっていく。

志穂さんは僕が一口あげるのを渋っていると勘違いしたんだろう。

まさかの交換条件を提示すると同時に、返事を待つことなくチョコとオレンジのムースケーキをスプーンですくい僕の口元へ差し出した。

「ちょっ、いや……」

誰もあげないとも欲しいとも言ってないのになんでこうなるの⁉

こうなると『いらない』＝『あげない』という返事に受け取られかねない。

どうする……いや、どうするもなにもダメに決まっている。同じスプーンを使うなんて同じグラスを使う以上に思春期男子にとってはハードルが高すぎる。

なにしろ僕は、ファーストキスはもちろん間接キスすらしたことがない。

初めての間接キスの相手が兄の婚約者とか黒歴史すぎるでしょ。

でも下手に拒否したと思われて機嫌を損なうくらいなら……。

自分の唾を飲み込む音が喉の奥で響いた。

「このチョコとオレンジのムースケーキ、健も好きだったんだよ」

このケーキに限らず、兄がチョコ好きなのは知っています。

好きすぎて一時期、あらゆる食べ物にチョコをかけまくって僕は困っていました。

チョコフォンデュみたいなものといえば聞こえはいいけど、万能調味料ことマヨネーズ感覚でサラダにかけて失敗していたのを見た時は、さすがにちくわと一緒に怒ったけど。

そんな兄の偏食すぎる好みは置いといて。

「本当にいいんですか？」

「もちろん♪」

悩んだ末、志穂さんがいいならと自分に言い訳をして口を開く。

すると志穂さんは『あーん』と言いながらスプーンを僕の口に運んだ。

口に含んだ瞬間、気にしていた恥ずかしさが消し飛ぶほどの甘さが広がった。

濃厚なチョコの味わいと爽やかなオレンジの香り。もともと相性のいい組み合わせだけど、ビターなチョコでコーティングされたオレンジとキャラメルのムースがすごく合う。

甘すぎず爽やかで、でも個々の味がしっかり馴染んでいるような感じ。

確かに兄の好きそうな味だった。

「どう？」

「色々な意味で甘いですね……」

「じゃあ、私もいただこうかな」

今さら躊躇うこともなく、グラスを志穂さんに差し出す。

「ありがとう！」

志穂さんはお礼を言うとグラスを手に取り縁に口を付ける。

見つめるつもりはなかったのに、艶(つや)やかな唇に目を奪われた。

「うん。やっぱり美味しいね」

志穂さんが笑顔を浮かべた瞬間、僕はバレないように視線を外す。

「そうですね……」

口にした感想は本当で、ケーキもカフェオレも心から美味しいと思う。

ただ……口の中に残るチョコの甘さとは裏腹に、少しだけ苦みも広がっていた。

＊

しばらくして喫茶店を後にした僕らは、二軒目、三軒目と続けて足を運んだ。

駅周辺が栄えているとはいえ、各店舗の間はそれなりに離れていると思っていたんだけど、意外と狭いエリアに何店舗もまとまっていて移動は楽だった。

お客様視点で見れば近場にお店がたくさんあって嬉しい限り。

だけど、喫茶店視点で考えるとライバル店が多くて大変だろう。

三年以内の廃業率が七十％以上といわれている飲食店において、ライバル店の存在や、人気店として生き残るための特徴や看板メニュー、その押し出し方は極めて重要。

午前中に足を運んだ喫茶店も若い女性に人気のある一軒目、昭和を思わせるレトロな喫茶店で年配のお客様が多い二軒目、三軒目はロックな感じの個人経営店と個性的だった。

僕らもしっかり、特に看板メニューは考えないといけないと実感。

その後、十三時を過ぎていたのでランチを食べて午後の部へ。

大通り沿いの二軒を巡った後、入店の度に飲み食いしていたせいでお腹（なか）がいっぱいになった僕らは、小腹を空かせようと散歩がてら少し離れた場所にある和風喫茶へ。

ここは喫茶店というよりも茶屋だけど、喫茶店でお茶を出すのもありだろう。

こうして一日かけて六軒に足を運び、気づけばもう十八時過ぎ。

西日が街をオレンジ色に染める中、僕らは帰路に就いていた。

「喫茶店巡りをしてみてどうだった？」

「そうですね。色々と勉強になりました」

今まで足を運んでいた時とは違い、経営視点の気づきを得られたと思う。

たとえば店内のレイアウトや各種メニュー、店員さんが働く上での動線の確保の仕方など、他にも喫茶店を開く上で考えておかなくてはいけないことに気づけた。

特に感じたのはお店の特徴や拘(こだわ)り、つまりコンセプトの大切さ。

やはり人気のお店はお客様から見てわかりやすい魅力がある。

それがわかっただけでも今日の目的は果たせたと思った。

「志穂さんが言ってた通り、視点が変わると見え方が違いますね」

「でしょ？　参考になったのなら誘った甲斐があったな」

志穂さんは上機嫌、いつものように長い髪を揺らしながら隣を歩く。

「おすすめの喫茶店はたくさんあるから、また折を見て喫茶店巡りしようね。でもその前に、最後にもう一軒、稔君を連れていきたい喫茶店があるの。付き合ってくれる？」

「今からですか？　もちろん付き合いますけど、時間は大丈夫ですか？」

というのも、喫茶店の営業時間は十九時くらいまでが一般的。

もちろん遅くまでやっているところもあると思うし、一軒目のようにディナーをやっている喫茶店や、大手チェーン店のように二十二時頃まで営業しているところもある。

「それは大丈夫。閉店後にお邪魔する約束だから」

「約束――？」

志穂さんは僕の疑問に答えることなく道を行く。

向かったのは大通りをしばらく進んだ先、一本奥の通りに入った『シリウス通り』と呼ばれる昔ながらのアーケード商店街。その外れにある古いテナントビルだった。

一階には良い意味で年季を感じさせるアンティーク調の喫茶店。

入り口に置いてある看板には『喫茶オリオン』と書かれていた。

「こんばんは」

志穂さんに続き、様子を窺いながら中へ足を踏み入れる。

店内は一見すると無機質ながら、温かみのある空間が広がっていた。

打ちっぱなしのコンクリートの壁に暖色のライト。カウンターやテーブル、椅子は木製の物で統一され、無機質な壁や床とは対照的な内装にすることでメリハリが利いている。

角に置かれている一本の観葉植物がいいアクセントとして馴染んでいた。

閉店後だからか、店内に他のお客様の姿はなかった。

「いらっしゃい」

するとカウンターの中から一人の男性が現れた。

「店長、遅い時間に無理を言ってすみません」

「いやいや。遠慮なんていらないさ」

年齢はおそらく四十歳くらい。

店長と呼ばれた男性は志穂さんに優しい笑顔を向ける。

穏やかな物腰と口調が人となりを表しているように思えた。

「稔君も、よく来てくれたね」

どうやら僕のことも知っているらしい。

閉店後にアポイントを取っていた点や、志穂さんとのやり取りを見る限り、二人が知り合いなのは察しがついていた。だけど、まさか僕のことも知っているとは思わなかった。

でも……どれだけ記憶を探っても心当たりがない。

「すみませんが、どこかでお会いしていたでしょうか？」

「健のお葬式に参列させてもらった時に、挨拶だけね」

「あの頃のことは、あまり覚えていなくて……」

「無理もないさ。気にしなくていい」

店長は優しくそう言ってくれた。

「いつものでいいかい？」

「はい。二人分お願いします」

志穂さんはそう答えると、窓側のハイカウンターの席に座る。

まるで、そこに座るのが決まり事のように迷うことなく腰を下ろした。

僕が隣に座ると、志穂さんは儚げな表情を浮かべながら外の景色を眺めていた。

「……………」

志穂さんの様子がいつもと違うのは明らかだった。

どんな時も笑顔を絶やさず、明るく無邪気で、それは兄が亡くなった後ですら変わらなかったのに、今は悲しみとまでは言わないまでも愁いに満ちた表情をしている。

こんな志穂さんの姿を見るのは出会って以来、初めてのことだった。

「健とね……初めて二人きりで会ったのが、この喫茶店だったの」

志穂さんは遠い記憶に想いを馳せるように語り始める。

「私と健は、健の会社で働いている私の友達――悠香（ゆうか）の紹介で知り合ったの。その後、初めてのデートでここに連れてきてもらって、健から告白をしてもらったのもここで、プロポーズをしてもらったのもここだった。大切なお話をする時は、いつも必ずここだったんだ」

志穂さんは薬指にはめている婚約指輪をそっと撫でる。

つまりここは、二人にとって思い出深い場所だった。

「お待たせしました」

しばらくすると店長が注文の品を手に戻ってくる。

差し出されたのはアイスカフェラテと、一風変わったコーヒーゼリーだった。

グラスの中には一口サイズの四角いコーヒーゼリーが入っていて、その隙間(すきま)を埋めるようにミルクが注がれている。そのビジュアルは、まるでミルクに浮かぶ黒い氷のよう。

上には美しくデコレーションされた生クリームとアクセントにミントの葉。

なんとも写真映えしそうな一品で目を引かれた。

「私のおごりだから、遠慮なくどうぞ」

「『ありがとうございます』」

お礼を言ってからスプーンを手に取りコーヒーゼリーをすくう。

口に含んだ瞬間、今まで食べてきたコーヒーゼリーと違いすぎて驚いた。

弾力のあるゼリーが嚙(か)むごとに弾けてミルクと混ざり、口の中で味が完成する感じ。

デザートとは思えないほどコーヒー感が濃く、ともすればクセが強いようにも感じるけど雑みは少なく、クリームが加わることで角が取れて絶妙な味わいになっている。

今まで食べたコーヒーゼリーの中で間違いなく一番美味しい。

「お口に合ったかな？」

「はい。すごく美味しかったです……驚くほど」

「それはよかった。きっと健も喜んでいると思うよ」

兄が喜ぶ――？

「ここはね、健が高校時代に働いていた喫茶店なの」

僕の疑問に答えてくれたのは志穂さんだった。

「兄さんがここで……？」

確かに兄は高校時代、喫茶店でアルバイトをしていた。

当時の僕は小学生だったから、兄がアルバイトをしていたのは知っていたけど足を運んだことはなく、アルバイト先がどこの喫茶店かも知らなかった。

「それと、このコーヒーゼリーは健が考えたメニューなんだ」

「これを兄さんが――？」

意外な一言に驚きの声を上げる僕。

確かに言われてみれば兄好みの味に近い、でも……。

「当時、うちの店は看板メニューと呼べるものがなくてね。なにかいいメニューはないかと頭を悩ませていたある日、健が『コーヒーゼリーはどうですかね？』と言い出したんだ。渋いコーヒーだけで勝負してないで、女性受けも意識するべきだと言ってね」

店長は思い出を懐かしむように語り続ける。

それ以来、口コミが広がり女性客が増えたらしい。

「とはいえ看板メニューを謳う以上、他にない味にしないといけない。試行錯誤を重ねていたある日、健がとある喫茶店で飲んだアイスコーヒーからヒントを得て完成したんだ」

「とある喫茶店のアイスコーヒーっていうと？」

「最初に行った喫茶店の水出しアイスコーヒーだよ」

その言葉を聞いて、一軒目で志穂さんから聞いた話を思い出す。


一般的なアイスコーヒーはお湯で抽出した後に冷やして作る。

だけど、お湯で抽出すると風味を含む油分が多く溶け出すため、コーヒーの風味や味わいは強くなるものの、クセも強くなって苦みや渋みまで出てしまうデメリットがある。

さらに言うと、油分は時間が経つと酸化するから余計に雑みが強くなってしまう。

その点、水は油と相反するから油分が過剰に抽出されるのを抑え、苦みや渋みの少ないクリアな味に仕上げることができるという、志穂さんが兄から聞かされていた豆知識。


コーヒー感は強いのに雑みが少ないのは水で長時間掛けて抽出したからか。

「健はこれを子猫日和の看板メニューにしようと考えていたんだ」

「じゃあ、兄がこの喫茶店でアルバイトをしていたのは……」

「いつか子猫日和をオープンする勉強のためだよ」

やっぱり――。

「当時、高校生だった健が初めてお客さんとして来て、コーヒーを一杯飲んだ後『いつか子供食堂をやりたいから勉強させてほしい』と言った時のことは、今でもはっきり覚えてる。高校生は雇わないと断ると、それから毎日学校終わりに頼みに来てね……根負けしたよ」

店長は思い出を懐かしむように優しく目を細めた。

「ねぇ稔君、ここでアルバイトしてみるのはどうかな？」

「アルバイト、ですか……」

志穂さんが僕をここに連れてきた理由は薄々察していた。

「私たちは健の夢を叶えるために今日一日、たくさんの喫茶店を見てきた。見て回るだけでも勉強になると思うけど、一番いいのは実際に働いてみることだと思うの。百聞は一見に如かずって言うけど、百見は一体験に如かず。きっと得られるものは多いはず」

確かに志穂さんの言う通り。

「喫茶店について勉強させてもらいながら、健が考えたコーヒーゼリーの作り方を教えてもらうの。この経験は、いつか私たちが子猫日和を運営する時の役に立つと思う」

でもそれは、あくまで僕らの都合でしかない。

「稔君が望むなら、私は喜んで歓迎するよ」

店長が迷いなく口にするあたり、志穂さんが話を通していたんだろう。

そう思った直後、すぐに勘違いだと気づかされた。

「それが健との約束だからね」

兄さんとの約束――？

「健が亡くなる前、お見舞いに行った時に頼まれたんだ。弟に自分の夢を押し付けるつもりはない。だから夢を話してもいない。でも、もし弟が自分の夢に気づいて、代わりに夢を叶えようと思ってくれるなら……できる限りでいいから力になってほしいってね」

「兄さんが、そんなことを……」

思わず志穂さんに視線を向けると、小さく首を横に振った。

「私も今日お邪魔するって連絡した時に、初めて教えてもらったんだ」

僕が兄の代わりに夢を叶えようとすることや、志穂さんが協力するということ。

志穂さんが僕をここに連れてきてくれることも、ここでアルバイトをするといいと提案することも、まるで全てを見抜いた上で先手を打っていたかのような展開。

いや……事実、兄は全て見抜いていたんだろう。

「あとは稔君次第。どうかな？」

「そうですね……」

考えるように言葉を濁したけど、検討の余地なんてなかった。

志穂さんの言う通り得られるものは多いし、いずれ避けては通れない道。

兄の残した開業資金があるとはいえ、わずかでもアルバイト代を稼いで足しにできるのは助かる。なにより、兄の夢を叶えるための一歩になるんだから断る理由なんてない。

これはきっと、兄が残しておいてくれた道標――。

「ここで働かせてもらえるでしょうか？」

「もちろん、これからよろしく」

店長は僕に手を差し出し、僕はその手を握り返す。

夢に向けて、ようやく現実的な一歩を踏み出せた気がした。

「そうと決まれば、さっそく次の週末からお願いしよう。手続きや説明しておかないといけないこともあるから、学校帰りにでも一度立ち寄ってくれるかい？」

「わかりました」

「じゃあ、この話は終わりとして……一つ気になってることがあるんだけど」

「「気になってること？」」

僕と志穂さんは声を揃えて首を傾げる。

「稔君はともかく、どうして志穂さんまで制服姿なんだい？」

「「あっ――」」

思わず二人揃って志穂さんの姿を確認する。

そういえば志穂さんも制服姿なのをすっかり忘れていた。

説明をしようと思ったものの、なにを言っても嫌な予感しかしない。

「えっと……これは、色々事情がありまして……」

志穂さんも返答に困ったのか、視線を泳がせながら言葉を濁す。

すると店長は明らかに気を使っているような表情を浮かべた。

「ま、まぁ……そういう趣味の人もいるよね」

「違います！　趣味とかそういうんじゃないんです！」

「若い人たちの間ではコスプレが流行っていると聞くし、最近はコンセプトカフェという新しい形態の店舗もあると聞くし……まさか志穂さん、その手のお店に転職したの？」

「コスプレでもないですし、そういうお店で働いてるわけでもないんです！　女性は何歳になっても心は十七歳というか、歳をとっても制服は着たいというか――ああっ！」

店長は理解を示そうとしてくれるんだけど、志穂さんは志穂さんで間違った理解の仕方をされたくなくて声を上げるせいで、説明すればするほどドツボにハマっていく。

一日の最後に妙な落ちがついてしまったけど仕方がない。

こうして僕は、兄と志穂さんの思い出の喫茶店で働くことになった。

志穂の日記

Hitotsu yane no shita, ani no konyakusha to koi wo shita.

稔（みのる）君との喫茶店巡り、楽しかったなぁ……。

健（たける）が亡くなって以来、久しぶりに時間を忘れて楽しんだ気がする。

そう感じたのは、喫茶店巡りが久しぶりだったからなのも理由の一つだと思うけど、それ以上に、こんなに稔君と楽しく過ごせると思ってなかったからだと思う。


正直、間が持たなかったらどうしようと思っていたけど、そんな心配は必要なかった。

私のどうでもいい話に耳を傾けてくれて、私が気を使わなくていいように気を配ってくれて……健もそうだったけど、健とは違う形で理解を示そうとしてくれる。

兄弟とはいえ別人だから違うのは当然だけど、根っこの優しさは一緒。

健よりもずっと不器用だけど、優しい……似てないけど、とても似ている。

だからだろうな……彼は私に迷惑を掛けまいと、いつも一歩引いている。

自分は婚約者の弟だから——それを理由に近づきすぎないようにしている。

その証拠に、私には優しくしてくれるのに、私が踏み込もうとすると離れていく。

たぶん意識的にそうしているわけじゃなく、無意識にそうしているんだろうな。

それは彼の性格的な理由もあるけど、育った環境のせいもあるんだと思う。

健が『稔には甘えられる相手が必要だ』と言っていた意味がよくわかる。

距離を縮めようと思い切って歩み寄ってみたけど……さすがにやりすぎたかな？

ケーキを一口あげたり、カフェオレを一口もらったり。高校生くらいだと異性との間接キスとか意識する年頃だよね。まぁ……私も意識するから普段は女性同士でもしないけど。

驚いていたというよりも、ちょっと引いていたような気もする……。


今後は気を付けるとして、それよりもオリオンでのアルバイトの件。

店長の話を聞いて、やっぱり健は稔君に夢を託したかったんだと思った。

稔君に押し付けたくないから黙っていて、それでも、稔君が気づいたら代わりに叶えようとするとわかっていたから、ああして進むべき道を示しておいたんだと思う。

それはまるで、稔君を導くために残しておいた置き土産のよう。

私はこの先もずっと、そんな彼を支えていこうと思う。

五話　初めてのアルバイト……………………

喫茶店巡りをした次の土曜日、六月に入って最初の週末。

僕は昨晩から落ち着かない気分のまま朝を迎え、出かける準備をしていた。

「稔君。そろそろ家を出る時間じゃない？」

ドアの向こうから志穂さんの声が聞こえ、壁掛け時計に目を向けると八時半。

支度を終えて部屋から出ると、ちくわを抱っこしている志穂さんの姿があった。

「いかにも緊張してますって顔してるけど、大丈夫？」

「人生で初めてのアルバイト。しかも今日が初日ですからね」

思わず苦笑い、さすがに自分でも緊張している自覚がある。

大丈夫か大丈夫じゃないかで言えば、たぶん大丈夫じゃない。

自分のことなのに『たぶん』ってなんだよと突っ込まれそうだけど、そのくらい他人事のように考えていないと、緊張で心がもたないくらいヤバいから。

この前の日曜日、アルバイトをさせてもらうことになった後のこと。

その場で店長と相談して土日祝日は朝から夕方まで、平日は週に二日ほど学校終わりに働かせてもらうことになり、その時はやる気が満ち溢れていたくせに……。

いざ当日を迎えたら緊張して落ち着かないんだから我ながら情けない。

思わず溜め息の一つも漏れてしまう。

「正直、昨晩は不安と緊張で遅くまで眠れませんでした……」

それでも日が昇る前に寝つけたのは、ちくわのおかげ。

ちくわが僕のお腹の上でバイクのアイドリングよろしく爆音でゴロゴロ言いながら相手をしてくれたからよかったものの、一人でいたら何時になっても寝られなかったと思う。

猫のゴロゴロ音は、どんなに大きくてもうるさいどころか落ち着くから不思議。

最近はゴロゴロ音にリラックス効果があるのではないかと研究されているらしい。

お礼に今朝は某猫が夢中になるご飯をあげておいた。

「稔君でも緊張することがあるんだねー」

志穂さんは悪戯っぽい笑みを浮かべてちくわに話しかける。

「からかわないでください。僕をなんだと思ってるんですか……」

「ごめんね。悪口を言ってるつもりはないの。稔君はしっかりしてるし、大抵のことは一人でできちゃうし、なんなら私よりも大人びたところがあるから緊張してて可愛いなーって」

「か、可愛いって……」

「稔君も年相応の男の子なんだね」

恥ずかしさで顔どころか耳の先まで熱くなる。

女性に可愛いなんて言われたことがないから不覚にも照れてしまった。

ていうか、女性が男性に向けて言う可愛いは褒め言葉と受け取っていいんだろうか？

クラスの女子がなにかにつけて可愛いと連呼するのを聞いて思っていたことだけど、男性と女性で可愛いという言葉の定義と使い方に致命的なずれを感じずにはいられない。

いやいや、今はそんなことを考えている余裕はない。

「じゃあ、そろそろ行きます」

「近くまで車で送ろうか？」

「大丈夫です。まだ時間に余裕がありますから」

「頑張ってね。午後にはお客さんとして遊びに行くから」

「……恥ずかしいので来なくてもいいですよ」

「ふふっ。やっぱり稔君は可愛いね」

「…………」

やはり女性の言う可愛いは理解できそうにない。

そう思いながら荷物を手に玄関に向かう。

「いってきます」

「いってらっしゃい。頑張ってね！」

僕は志穂さんとちくわに見送られながら家を後にする。

何度か振り返ると、志穂さんはちくわと一緒に手を振り続けていた。

＊

改めて、喫茶オリオンで働くことになった僕。

家から駅まで歩いて十五分。そこから駅の構内を抜けて西口に出て、駅前の大きな通りを進むこと十分――一本奥にある通称シリウス通りと呼ばれるアーケード商店街。

その外れにあるテナントビルの一階にオリオンは入っている。

「兄さんの夢を叶（かな）えるための、最初の一歩か……」

喫茶店の裏口に着いた僕は、気持ちを落ち着かせてからドアを開けた。

中へ入り通路を進むと、途中で休憩室と書かれたドアを見かける。さらに奥に進んでいくと突き当たりにドアがあり、開けてみるとオリオンの店内に繋（つな）がっていた。

開店前だからか、照明は半分落としてあって薄暗い。

店内を見渡すとカウンターの中で準備をしている店長の姿を見つけた。

「おはようございます」

「おはよう。今日からよろしく」

「こちらこそ、よろしくお願いします」

店長は穏やかな笑顔で歓迎してくれた。

「初めてのアルバイトだから緊張するなと言う方が無理だと思うけど、あまり気負わなくて大丈夫。今日は君の先輩、もう一人のアルバイトの子もいるから安心してほしい」

僕以外にもアルバイトの人がいるのか。

「それは本当に心強いです」

緊張しているのがバレバレだったんだろう。

僕を気遣って店長は優しく声を掛けてくれた。

「通路の途中に休憩室と書かれたドアがあったと思うけど気づいたかい？　入ってカーテンを挟んだ奥が更衣室になっていて、そこに七瀬(ななせ)君のロッカーも用意しておいたから自由に使ってくれて構わない。中に制服が入ってるから、まずは着替えてきてもらえるかい？」

「わかりました。ありがとうございます」

お礼を言ってから通路を引き返して休憩室へ向かう。

ドアを開けると、八畳くらいのこぢんまりとした空間が広がっていた。

おそらく事務所を兼ねているんだろう。奥にデスクがあり、その手前にテーブルと椅子(いす)。他には流し台に冷蔵庫、テレビもあって一人暮らしのワンルームみたいな間取り。

休憩室の左側は店長の言っていた通りカーテンで仕切られていた。

「この奥が更衣室か」

さっそく着替えようと勢いよくカーテンを引いた瞬間だった。

「「え――？」」

目に飛び込んだ光景を理解するよりも早く疑問の声が重なった。

驚きのあまり息をすることも忘れて目の前の光景に視線を奪われる。

なぜなら、そこには今まさに制服に着替えている途中の女性の姿があったから。

脱いだばかりと思われるブラウスを手に持ち、上半身は純白の下着のみの露わな姿。

薄暗い照明の下でもわかるほどの白い肌と、黒く艶やかなストレートヘアーとのコントラストが美しく、見てはいけないとわかっているのに目を逸らすことができない。

あまりにも美しい姿に、いやらしさを感じるよりも思わず見惚れた。

「「………………」」

状況を理解するまでどのくらいの時間が流れただろうか。

五秒か十秒か、はたまた三十秒か――初めて目にする女性の下着姿を前に、状況を理解してもなお身動き一つ取れないというか取りたくないというか、そんな気分でいると。

「おはようございます」

彼女は柔らかな笑みを浮かべて丁寧に頭を下げた。

「お、おはようございます……」

意外すぎる彼女の反応に、オウムのように言葉を返す僕。

「今日から入られる、新しいアルバイトの方でしょうか?」

彼女はあられもない姿を隠そうともせず、とても丁寧な言葉で尋ねてきた。

驚くことはなく、慌てることもなく、ましてや恥ずかしがることもなく。まるで何事もなかったと思わせるような笑顔を浮かべながら、僕の目を真っ直(ます)ぐに見つめている。

喋(しゃべ)り方や身のこなしがとてもゆっくりだからというのもあるんだろう。

彼女の周りだけ時間が穏やかに流れているような錯覚を覚えた。

「七瀬稔です……よろしくお願いします」

「和代帆乃香(わしろほのか)と申します。こちらこそ、よろしくお願いいたします」

和代さんは丁寧な所作で深々と頭を下げる。

肩から滑り落ちた髪を耳に掛け直しながら顔を上げると。

「支度が終わるまで、もう少しお待ちいただけますか?」

やんわりと出ていくように促された。

「すみませんでした!」

ようやく我に返った僕は謝りながらカーテンを閉めた。

思わず頭を抱えてしゃがみ込み、心の中で言い訳を連呼する。

まさか……和代さんが着替えている最中だなんて思いもよらなかった。

いや、店長から今日はもう一人のアルバイトの子も出勤だと聞いていたんだから、少し考えればわかったことかもしれない。

それなら店長も和代さんが着替え中だと教えてくれればいいのにと思ったけど、先にお店で準備していた店長は、和代さんが出勤済みだとは知らなかったんだろう。

確認しなかった僕にも非はあるけど、せめて女性だと教えてほしかった。

未だに驚きと罪悪感と興奮とときめきで心臓がバクついている。

「ていうか、下着姿を見られて平然としているなんて……」

誰にも聞こえない声でぽつりと漏らす。

覗き見するような真似をした僕が言うのもなんだけど、どうなんだろう。

この状況の場合、女性の大半は怒るか怒鳴るか泣き出すか、はたまた事件性のある悲鳴を上げて助けを求め、通報によって到着したお巡りさんのお世話になるのがお約束だろう。

そうならなかったとなると、一つの可能性が頭をよぎる。

まさか和代さんは覗かれたい願望の持ち主なんだろうか？

そういうことなら、あと三秒くらい眺めてあげればよかった……。

「お待たせいたしました」

「はいぃ！」

なんて、バカな妄想をしていると不意に声を掛けられて背筋が伸びる。

気まずさ全開で振り返ると、そこには制服に身を包んだ和代さんの姿があった。

上はグレーを基調としたプレスの利いたシャツに、短めのネクタイ。下は動きやすそうなパンツスタイルで、腰から下を覆う長めのエプロンを着けた今時のカフェスタイル。

長い黒髪はまとめてアップ、シャツのボタンもきっちり上まで留めている。

丁寧に着こなしている姿が、彼女の人となりを表している気がした。

「どうぞ」

「あ、ありがとうございます……」

和代さんの前を失礼して更衣室へ入りカーテンを閉める。

更衣室と呼ぶには少し狭い、部屋をカーテンで仕切っただけのスペース。

辺りを見渡すと自分の名札が付いているロッカーを見つけ、扉を開けて中を確認すると聞いていた通り制服が入っていた。

「わたしは先に行っていますので、ごゆっくりどうぞ」

「お気遣い、ありがとうございます……」

ごゆっくりどうぞ、というのも違うような気がする。

まぁ、それに対する僕の返事もやっぱり違うような気がするけど。

なんて思っているとドアの閉まる音が響き、和代さんは休憩室を出ていった。

「……なんだが働く前から疲れたような気がする」

思春期男子的には元気が出そうなイベントだったけど、今は気疲れの方が酷い。

これから今日一日、顔を合わせて働くと思うと気まずくて震えそう。

「それにしても、ずいぶん個性的な人だったな……」

下着姿を見られても全く動じないなんて、どんなメンタルをしているんだろう。

あまりのインパクトに、そんなことを考えながら着替え始めた。


「なかなか似合ってるね」

「ありがとうございます……」

着替えを終えて店内に戻ると、僕の制服姿を見た店長が無難に褒めてくれた。

お世辞でも嬉しいけど、自分としては着慣れていないせいか違和感が酷すぎる。

馬子にも衣装という言葉は、こういう時に使うんだろうな。

「さっそくだけど、今日の流れを説明させてもらおうかな」

「はい。お願いします」

すると店長は作業をしていた和代さんを呼び寄せる。

「もう挨拶は済んでると思うけど、彼女は和代帆乃香さん」

「改めまして、よろしくお願いいたします」

「よ、よろしくお願いします……」

ダメだ、下着姿が頭をチラついて直視できない。

そんな僕の様子を見て疑問に思ったんだろう。

「稔君、どうかしたかい？」

「い、いえ。なんでもないです」

店長にバレないようにさらりと誤魔化す。

「帆乃香さんは稔君と同じ高校に通っている三年生。うちに来てくれる前も別の喫茶店でアルバイトをしていたから経験が豊富で、私よりも接客が上手だから頼りにしてるんだ」

僕と同じ学校の先輩だったのか……余計に気まずい。

「稔君のことは帆乃香さんにお願いしてあるから、なにかあれば彼女に聞いてほしい。もちろん私から教えることも多々あるけど、私は営業時間中、カウンターの中で仕事をしていて手が塞がってることが多い。基本的には帆乃香さんを頼ってもらって大丈夫」

「わかりました」

「じゃあ、帆乃香さんと一緒に開店準備をよろしく」

店長に肩を叩かれて送り出され、和代さんと一緒にフロアに向かう。

わかりましたと答えたものの、正直なんて話し掛けるべきか悩んでいた。

いや……なんてもなにも、まずはきちんと謝るべきだろう。

先ほどは驚きのあまり謝ることすら忘れていた。

「……よし」

僕よりも下着姿を見られた和代さんの方が気まずいはず。

溢れてとまらない気まずさを飲み込んで和代さんへ向き直った。

「あの、和代さん。さっきは――」

腹を括って謝ろうとすると、和代さんは笑みを浮かべて口元に指を立てる。

一瞬意図がわからなかったけど、和代さんが店長に視線を向けたことで理解した。

つまり、店長には秘密にしておきたいから黙っていてほしいという意思表示。

その理由は、おそらく僕を気遣ってくれてのことだろう。

普通に考えれば、職場で着替えを覗かれたら責任者に報告の一つもしたくなるはず。

着替えている間も店長に話をされていたらどうしようと思い気が気じゃなかったけど、なにも言われなかったということは、僕を庇ってくれている以外に考えられない。

僕の今後を考えてくれてのことだと容易に想像できた。

「……ありがとうございます」

僕は謝る代わりにお礼の言葉を口にする。

すると和代さんは満足そうに微笑んでみせた。

「では、一緒に開店準備をしましょう」

「はい」

「それと、わたしのことは帆乃香とお呼びください」

「わかりました。僕のことも稔で大丈夫です」

こうして僕は帆乃香さんに教えてもらいながら開店準備を進める。

帆乃香さんはテーブルをクロスで綺麗に拭きつつ、シュガーや紙ナプキンの補充。僕は床を掃いた後にモップ掛け。最後にゴミを集めて裏口の外にあるダストボックスへ。

ひと通り準備を終えたのは九時五十分、開店の十分前だった。

「稔さん。少しよろしいでしょうか？」

まもなく開店というところで帆乃香さんに手招きされる。

「今日は初日ですから、とても緊張されていることと思います。なにかあればわたしがお手伝いさせていただきますので、無理をなさらず、マイペースで頑張りましょう」

帆乃香さんは穏やかな笑顔で優しく励ましてくれる。

年齢は一つしか違わないのに溢れ出る年上のお姉さん感が頼もしく、昨晩から続いていた緊張が嘘みたいに解けていく。気づけばずいぶんと心が楽になっていた。

「今日は稔さんに二つ、お仕事をお願いしたいと思います」

「二つ……どんなお仕事でしょうか？」

僕が尋ねると帆乃香さんは指を一本立てる。

「一つ目は、来店されたお客様へお水とおしぼりを出していただくこと。ご注文を伺うのはメニューを覚えてからでないと不安かと思いますので、わたしがさせていただきます」

続いて二本目の指を立てながら。

「二つ目は、お客様が退店されたら食器を下げていただくこと。その後にテーブルを拭いて綺麗にしていただき、次のお客様をお出迎えする準備を整えてもらえると助かります」

「お水とおしぼり、テーブルの片付けですね……はい、わかりました」

右も左もわからないけど、そのくらいならできると思う。

「ご注文いただいた品を運ぶのもわたしがやりますが、もし慣れてきたら稔さんにも少しお願いしようと思います。ですが、くれぐれも無理はなさらなくて大丈夫ですからね」

「お気遣いありがとうございます」

「では最後に、一番大切なことをお伝えします」

すると帆乃香さんは自分の頬に人差し指を添える。

「笑顔でお客様をお出迎えいたしましょう」

緊張は消えたとはいえ、自分が無表情だったことを自覚する。

あまり笑顔は得意じゃないけど自分なりに口角を上げてみせると。

「はい。大変よくできました」

帆乃香さんは僕の笑顔を真似るように微笑む。

こうして開店時間を迎え、アルバイト初日が始まった。


オープンして十分もすると最初のお客様が来店。

その後も次々と来店し、一時間もするとほとんどの席が埋まった。

僕は帆乃香さんに言われた通り、お客様にお水とおしぼりを出し、お客様が飲み終えたグラスをさげ、退店後にテーブルを片付けて次のお客様を迎える準備を整える。

やっている仕事は単純作業で誰でもできることだと思う。

だけど、いざ始めてみるとすぐに余裕はなくなった。

どのお客様にお水を出したかわからなくなるし、数を間違えてしまうし、知らぬ間にお客様が増えていて、お水を出すのが遅くなって迷惑をかけるありさま。

そうこうしている間にお客様が退店し、片付けないといけないテーブルが増えていく。

一つの小さなミスが次のミスを呼び、気づけば手に負えなくなっていた僕。

途中、帆乃香さんがフォローしてくれなかったらどうなっていたか。

慌ただしくしているせいか疲れを感じる間もなくお昼が過ぎ、さらにランチタイムのピークを越え、ようやく戦場のように慌ただしかったフロアが落ち着いた頃。

僕と帆乃香さんは店長から休憩を取るように勧められた。

二人で休憩に出たら店長が一人になってしまう。

一人で大丈夫だろうかと思ったけど、別々に休憩に出て僕が一人残ってもできることなんて限られている。むしろ帆乃香さんがいないと店長の足手まといになるまである。

僕らはお言葉に甘え、一緒に休憩を取ることにしたんだけど……。

「…………」

休憩室でテーブルを挟んで向かい合う僕と帆乃香さん。

背筋を綺麗に伸ばし、育ちの良さそうな佇(たたず)まいで賄いのオムライスを食べている帆乃香さんとは対照的に、僕は再び気まずさに苛まれながらスプーン片手に背中を丸めていた。

ここにいると朝の出来事を思い出して興奮――じゃなくて反省してしまう。

「あの……朝のこと、本当にすみませんでした」

いつまでも謝れずにいるから気まずいんだ。

そう思った僕はテーブルに額を付けて謝罪する。

「お顔を上げてください」

すると帆乃香さんは全く怒った様子もなく口にする。

言われるままにゆっくり顔を上げると、帆乃香さんはスプーンを置いて僕の瞳(ひとみ)を見つめながら、一ミリも気にしていないと言わんばかりに優しい笑みを浮かべていた。

「あれは事故ですから、お気になさらず」

「いや、でも……」

そう言ってもらっても気持ちは晴れない。

むしろ罵声の一つでも浴びせられた方がまだマシだ。

「わたしの方こそ、お詫びしなければなりません」

すると、なぜか帆乃香さんに謝られてしまった。

「今日から新しいアルバイトの方が来られると伺っていましたから、少し考えれば気づきそうなものなのに配慮が足りず……不快な思いをさせてしまい、申し訳ありませんでした」

「いえ、不快なんてことは……」

驚きのあまり言葉が続かなかった。

とても着替えを覗かれた女性の言葉とは思えない。

店長の前で謝ろうとした僕をとめたのは、僕の立場を慮っただけではなく、帆乃香さん自身が自分に非があると思っていたからだとしたら、それはあまりにも考えすぎている。

薄々感じていたけど、帆乃香さんは少し独特の感性をお持ちらしい。

「……僕がこんなことを聞くのもなんですが、恥ずかしくないんですか？」

返す言葉がなかった僕は、思い切って率直な疑問を口にしてみた。

こんな質問、受け取り方によってはセクハラだと言われかねないけど、帆乃香さんのような考え方をする人なら思っていることを聞かせてもらえると思った。

「もちろん、恥ずかしいですよ」

ある意味、期待通りの返事が返ってきた。

「ですが、恥ずかしがったところで着替えをお見せしてしまった事実は変わりません。であれば、お互いに気にせず、心の奥にそっとしまっておくのが一番だと思いませんか？」

帆乃香さんは少しだけ頬を染めながら口にする。

変な話、帆乃香さんが恥ずかしがっていると知って安心した。

「今朝のことは他言無用。お互いに、お墓まで持っていきましょう」

「わかりました。お約束します」

とはいえ罪悪感が消えたわけじゃない。

「なにか、お詫びの一つでもできればいいんですけど……」

「それでしたら、稔さんのお着替えも覗かせていただきましょう」

「え……？」

まさかの仕返し宣言に喉の奥から変な声が出てしまった。

帆乃香さんの笑顔に変化はなく、本気か冗談か判断がつかない。

覗いた僕に拒否権はなく、お望みならば甘んじて受け入れるしかない。

ある意味おあいこ、今日の下着は変なやつじゃなかったか心配していると。

「ふふっ。冗談です」

「…………」

正直なところ、驚き以上に親近感を覚えた。

優しく穏やかで、着替えを見られても動じない人で、冗談なんて言わない人だと思ったけど……こんなお茶目な冗談を言うなんて、図らずも親しみを覚えずにはいられない。

「さあ、お昼をいただきましょう」

少し不思議な人だけど、仲良くなれそうな気がした。

休憩を終えて戻ったのは二時半過ぎ。

ランチタイムを過ぎてお客様の数は減り、ほどよく忙しい時間帯。

初めは簡単な作業すらまともにこなせずバタバタしていたけど、お客様が減ったのと作業に慣れてきたのもあり、少しずつ周りを見る余裕ができてきたと思う。

この調子なら無事に勤務終了まで頑張れそうだと思っていた時だった。

「いらっしゃいませ――」

ドアベルの音が店内に鳴り響き、挨拶をしながら出入口に視線を向ける。

「やっほ♪」

そこには、僕に向かって手を振っている志穂さんの姿があった。

来るとは聞いていたけど、いざ働いているところを見られると恥ずかしい。

なんだろう……小学生の頃、授業参観に初めて兄が来てくれた時のことを思い出す。

嬉しい反面、少しくすぐったいような恥ずかしさがよく似ている。

「い、いらっしゃいませ……」

そんな気持ちを悟られまいと事務的に対応する僕。

「うんうん。制服姿、よく似合ってるね」

「ありがとうございます。お席にご案内します」

「その前に、記念に一枚写真撮ってもいい？」

「……店内での写真撮影はご遠慮ください」

「そんな、ここって撮影禁止なの⁉」

適当にあしらいながら窓側のハイカウンターの席へ案内する。

水とおしぼりを取りに裏へ戻ると、帆乃香さんに声を掛けられた。

「お知り合いの方ですか？」

僕らのやり取りを見ていれば気づいて当然。

だけど、なんて答えればいいか一瞬だけ迷った。

答えるか答えないかではなく、僕らの関係をなんて説明するべきか。

別に隠すような関係ではないけど、それでも判断に迷ったのは、少なくとも僕自身が亡くなった兄の婚約者と同居している今の状況をよしと感じていないからだろう。

改まって誰かに説明するのは初めてのことだった。

「僕の……姉のような人です」

姉のような人――。

なんて答えようか悩んだ末、口から零れたのはそんな言葉だった。

あやふやな言葉だけど、これが僕らの関係を表すのに相応しいのも事実。

他人と呼ぶにはあまりにも近く、でも家族と呼ぶには少し遠い。ましてや姉と呼んでいい間柄でもないけど、きっと僕らの関係を表す言葉としては一番適しているはず。

この中途半端さが、今の僕らに相応しい気がした。

「とても素敵なお姉さまですね」

帆乃香さんは僕の言葉からなにかを察してくれたんだろう。

踏み込んで尋ねてくることはなく、その気遣いが嬉しかった。

「ご挨拶をしたいので、ご一緒させていただいてもよろしいでしょうか？」

「はい。もちろん」

お水とおしぼりを手に帆乃香さんと一緒に志穂さんのもとへ行く。

僕が志穂さんの手元にお水とおしぼりを差し出して一歩下がると、帆乃香さんは志穂さんの前に立って背筋を伸ばし、僕にもそうしてくれたように丁寧に頭を下げた。

「はじめまして。稔さんと同じアルバイトの和代帆乃香と申します」

すると志穂さんは椅子を立ち、よそ行きの顔をして挨拶する。

「ご丁寧にありがとうございます。美留街志穂と申します」

「稔さんのお姉さまだとお伺いしたので、一言ご挨拶をと思いまして」

「お、お姉さま――⁉」

そんなよそ行きの顔は一瞬にして崩壊。

志穂さんは妙に嬉しそうな顔で僕に視線を向けてきた。

「そんな……二人の時は一度だってお姉さんなんて呼んでくれたことないのに！」

秒でボロが出たというか、早くもキャラバレした志穂さん。

「志穂さん、お姉さんって呼ばれたかったんですか？」

志穂さんはもげそうなほど勢いよく首を縦に振る。

確かに前も言っていたけど、てっきり冗談だと思っていた。

「女性に生まれたからには、一度でいいからお姉さんって呼ばれてみたいじゃない。女性はいくつになっても可愛い年下の男の子や女の子から、お姉さんって呼ばれたいの！」

どうしよう……男の僕には一ミリも理解してあげられそうにない。

とりあえず志穂さんに弟や妹がいないってことはわかった。

そういえば志穂さんの家族構成って聞いたことないな。

「えっと……ご注文を伺ってもいいですか？」

「アイスカフェラテとコーヒーゼリーでお願いします」

「かしこまりました」

僕は初めての注文を受け、カウンターへ戻って店長に伝える。

去り際、志穂さんが『稔君のことをよろしくお願いします』と言っている声と『かしこまりました、お姉さま』と、快く引き受けている帆乃香さんの返事が聞こえた。


その後、志穂さんは一時間もせずにオリオンを後にした。

ずいぶん早く帰るんだなと思ったけど、この後に予定があるらしい。

せっかく僕の様子を見に来てくれたのに、ほとんど相手ができずに申し訳ない。

もう少し仕事に慣れて気持ちに余裕ができれば違うんだろうけど。

なんて思っているとドアベルが鳴り、新規のお客様が来店。

二十代前半くらいの若くて綺麗な女性だった。

「いらっしゃいませ。一名様でしょうか？」

無言で頷（うなず）く女性を空いている席にご案内。

お水とおしぼりを用意している間、僕は女性のことが気になっていた。

というのも、ここに来るお客様にしてはずいぶん若い女性だったから。

オリオンはアンティーク調の渋めな喫茶店ということもあり、お客様の年齢層はやや高め。

失礼な意味ではなく、若い女性が一人で来るようなお洒落なカフェではないから。

事実、今日も一人で来店した若い女性は志穂さんを除けばこの人だけ。

それに……気のせいか、どこかで会ったことがあるような気がしていた。

「お待たせしました。ご注文が決まりましたら、お声掛けください」

お水とおしぼりを差し出して席を離れようとした瞬間。

「アイスカフェラテとコーヒーゼリーをお願いします」

その一言に思わず足がとまった。

なぜなら志穂さんと同じ注文だったから。

「かしこまりました。少々お待ちください」

いや……別に同じものを注文するお客様ならいくらでもいるだろう。

それでも気になってしまったのは、若い女性が一人で来るのが珍しいことや、メニュー表を見ることなく、まるで注文する品が決まっていたかのように口にしたから。

それと心なしか……彼女の表情が悲しそうに見えたから。

その顔がしばらく頭から離れなかった。

その後、十八時になり無事に初日の勤務が終了。

僕と帆乃香さんは店長に挨拶を済ませ、休憩室に戻って帰り支度をしていた。

「初日からフルタイムでしたから、ずいぶんお疲れではないですか？」

帆乃香さんが着替え終わるのを待っていると、カーテンの向こうから尋ねられた。

「そうですね。疲れもありますけど、立ちっぱなしで足の裏が痛いです」

「わかります。一ヶ月もすれば慣れて平気になると思いますよ」

一ヶ月か……さすがに一ヶ月も我慢するのは少しきつい。

とりあえずクッション性の高いスニーカーを買おう。

「ところで、稔さんはどの辺りにお住まいでしょうか？」

「駅の東口から歩いて十五分くらいのところです」

「わたしは電車で一駅離れたところです。よろしければ駅までご一緒しませんか？」

「はい。ぜひ、そうしましょう」

返事をすると同時に、カーテンが開いて帆乃香さんが出てくる。

すると『お店の外で待っていますので、ごゆっくりどうぞ』と言って、なぜかニコニコしながら休憩室を出ていった。仕事後なのに元気だなと思いながら着替え始める僕。

とはいえ、お言葉に甘えてゆっくりして待たせるのも忍びない。

早々に着替えて休憩室を後にし、裏口のドアに手を伸ばした時だった。

『んんんん～♪　みなさん、今日もきゃわいいですね～♡』

「……ん？」

幻聴だろうか？

不意に聞こえてきた声に手がとまった。

『あらら、ごろんしちゃうの？　へそ天姿もきゃわいいです～♡♡』

「……な、なんだろう」

幻聴にしては妙にはっきり聞こえた。

なんていうか、漫画で例えるなら吹き出しをピンクに塗って、語尾にハートマークをいくつも付けたような、とにかく全力で艶っぽい声がドアの向こうから響いてくる。

なにかあれば通報できるよう、スマホ片手に恐る恐るドアを開けると。

「……あれ？」

そこには、三匹の猫と戯れる帆乃香さんの姿しかなかった。

猫たちは帆乃香さんにべた慣れのようで、へそ天姿でゴロゴロと喉を鳴らしている。それぞれ音の高さが違い、流れるように両手で撫で回しながらゴロゴロ音を操る帆乃香さん。

猫を楽器のように扱い素敵な音色を奏でる姿は、さながら新進気鋭の音楽家。

今にも一曲弾き出しそうな雰囲気。

どうやら猫は楽器だったらしい。

いや、そんなことよりも――。

「あの……他にも誰かいませんでしたか？」

僕は尋ねながら不審者を警戒して辺りを見渡す。

「いえ、わたし以外には誰も。どうかされましたか？」

帆乃香さんは不思議そうに首を傾げる。

「いえ……いないならいいんですけど」

初めてのアルバイトで疲れているせいだろうか。

さすがに幻聴が聞こえるほど疲弊している自覚はないんだけど。

「この子たちは野良猫ですか？」

「近所のお宅で飼われている家猫です」

なるほど、よく見るとみんな首輪をつけている。

「ずいぶん帆乃香さんに懐いていますね」

「わたしがアルバイトの日は、こうして仕事が終わるのを待っていてくれるんです」

美少女と猫の戯れている光景を見ていると疲れも吹き飛ぶ気分。

僕も一緒に撫で回してほし……うん、やっぱり疲れているんだと思う。

「では、帰りましょう」

こうして僕らは猫たちにお別れをしてオリオンを後にする。

六月にもなると日は長くなり、十八時過ぎなのに外はまだ明るい。季節的なものか、それとも仕事をやり切った高揚感がそう思わせるのか、いつもより夕日が綺麗に見える。

初日で色々大変だったけど、長く続けられそうな気がした。

＊

「ただいま戻りました……あれ？」

家に着いてドアを開けると、すぐに様子がおかしいことに気が付いた。

「……どうしたんだろう」

というのも、家の中は灯りが付いているのに返事がない。

それだけなら電気の消し忘れくらいにしか思わないけど、志穂さんがいない時は必ずちくわが『うにゃうにゃ』言いながら出迎えてくれるのに、今日に限ってはそれもない。

靴を脱いで家に上がり、リビングのドアを開けた時だった。

「就職おめでとう！」

足を踏み入れた瞬間、クラッカーの音と共に志穂さんの声が響いた。

何事かと思いながら辺りを見渡すと、リビングは今からホームパーティーでも始まるんじゃないかと思うほど飾り付けがされていて、テーブルの上には豪華な料理の数々。

ちくわのご飯もいつもより豪華なものが用意されていた。

「……いったい何事ですか？」

「稔君の就職祝いをしようと思って！」

志穂さんは当然でしょと言わんばかりに言い放つ。

「見て見て、朝からお料理の仕込みをしてさっき出来上がったの。オリオンの帰りにケーキも受け取りに行って、ついでに美味(おい)しそうなお惣菜もあったから買ってきちゃった」

そこまで説明を受けてようやく状況を理解する。

つまり僕のアルバイト初日を労ってくれるらしい。

「就職祝いといっても――」

ただのアルバイトですよ――そう言いかけて口をつぐんだ。

アルバイトとはいえ、働いてお金を得るという意味で就職なのは間違いない。志穂さんが言っていることは正しいし、なにより気持ちが嬉しくて言葉をのみ込んだ。

「もしかして、早めにオリオンを後にしたのは準備のためですか？」

「うん。お料理の仕込みは午前中に終わる予定だったんだけど間に合わなくて。でも稔君がお仕事してる姿を見たいから中断してオリオンに行って、予約したケーキを受け取って帰ってきてから料理を再開したの。間に合わないかと思って焦(あせ)っちゃった」

それに加えて部屋の飾り付けまで……大変だったろうな。

本当、柄にもないんだけど……少し感動してしまった。

「お料理が冷めちゃう前に早く食べよ」

僕は志穂さんに促されて席に着き、志穂さんも向かいの席に腰を掛ける。

ちくわも餌入れの前にちょこんと座り、僕らが食べ始めるのをお行儀よく待つ。

「就職おめでとう。一日お疲れさま」

「ありがとうございます」

前に買ったお揃いのグラスに飲み物を注ぎ、ささやかながら二人で乾杯。

ちくわは僕の足元で待ってましたと言わんばかりにご飯を食べ始める。

こうしてアルバイト初日の夜は更けていった。

*

翌日の日曜日、兄が亡くなってから二度目の月命日の前日。

僕はアルバイト前に志穂さんと二人、両親と兄の眠る霊園に足を運んでいた。

本当は明日来たかったけど平日で学校と仕事があるのと、梅雨入りが近いせいか今も天候が不安定で、明日は確実に雨が降るらしいから今日のうちにお墓参りをすることにした。

ここに来るのは四十九日法要以来だけど、かなり前のことのように感じる。

それは兄の夢を叶えるために、日々慌ただしく過ごしていたからだろう。

「……あれ？」

桶に水を汲んでからお墓へ向かうと、遠目に花が供えられていることに気づく。

つい最近供えられたらしく、花はまだ瑞々しく綺麗に咲き誇っていた。

「兄さんの知り合いが来てくれたんでしょうか？」

「うん……そうだと思う」

志穂さんはそう言いながら花と一緒に供えられていた物に手を伸ばす。

それは兄が好きだった、小分けにパッケージされている一口サイズのチョコ。兄の好みをよく理解してくれているあたり、とても近しい間柄の人が来てくれたとわかった。

それが誰か、志穂さんは察しがついている様子だった。

「掃除を始めましょうか」

「うん。そうだね」

二ヶ月も経（た）つのに兄のために足を運んでくれる人がいることを嬉しく思いながら、僕らはお墓を掃除し、花立ての水を代えて持参した花を生けてから手を合わせた。

僕は以前と同じように心の中で兄に近況を報告する。

兄の夢を知り、代わりに叶えると決意したこと。

そのために兄と志穂さんの思い出の喫茶店、オリオンでアルバイトを始めたこと。

店長も帆乃香さんも優しくて、まだまだわからないことだらけだけど、なんとかやっていけそうだということ。それと兄が作ったコーヒーゼリーが美味しくて驚いたことも。

そして、なにより……志穂さんが協力してくれていること。

僕は兄から返事がないことを承知で尋ねる。


——改めて、どうして兄は志穂さんに僕を託したのか？


志穂さんは、兄が手帳を残したのは見られても構わないからだと言っていた。

そうだとしたら僕が兄の夢に気づくことも、代わりに夢を叶えようとすることも、それを知った志穂さんが協力すると言い出すことも容易に想像がついたはずだ。

それが僕と志穂さんにとって離れがたい理由になることもわかっていたはず。

兄の婚約者と婚約者の弟という家族とも他人とも言えない関係に、兄の夢を叶えるための協力者という別の関係性が加わることで、僕らがより離れられなくなるのは明らか。

それはつまり、必要以上に志穂さんの将来を縛ることに他ならない。

志穂さんの言う通り、兄が考えなく手帳を残したとは思えない。

今の状況を意図的にすら感じるのは考えすぎだろうか……？

「稔君は午後からアルバイトだよね。時間は大丈夫？」

「はい。店長が何時からでもいいと言ってくれてるので」

「天気が心配だから車で送ってあげる」

「ありがとうございます。でも気持ちだけ受け取っておきます。志穂さん、ここしばらく残業続きで疲れているでしょうから、僕のことは気にせずゆっくりしてください」

前に喫茶店巡りをした時、社内の体制変更でバタバタしていると言っていた。しばらく忙しくなりそうと言っていた通り、最近は帰宅の遅い日が続いている。

志穂さんは疲れているとちくわに猫吸いをするんだけど、その頻度で志穂さんの疲れ具合がわかる。

ここ数日はお風呂上がりに毎日吸っているから心配していた。

「車ならすぐだから大丈夫。稔君を送ったらお家で休むから」

「……わかりました。じゃあ、お言葉に甘えます」

こうしてお墓参りを終え、僕らは霊園を後にした。

志穂の日記

今日から稔(みのる)君のアルバイトが始まった。

緊張していたから心配だったけど、無事に一日を終えられたみたいで安心した。

こう言ったら稔君は嫌がるかもしれないけど、初々しくてちょっと可愛(かわい)かったな。

いくら大人びているとはいえ、やっぱり年相応の男子高校生だよね。

可愛いといえばそう、喫茶店の制服姿も似合ってた！

稔君が写真を撮らせてくれないから隠し撮りしちゃったけど、バレないように気を付けないとね。もしくは帆乃香(ほのか)ちゃんにお願いして、こっそり撮ってもらうかな。

可愛くて優しい先輩がいるなんて、稔君も安心だよね。

でも、稔君が私と健(たける)の思い出の喫茶店でアルバイトか……。

自分で働いてみたらって進めておいてなんだけど、少し不思議な気分だな。

もし健が生きていて、いつか一緒に夢を叶(かな)えていたとしたら……健もあんな感じで制服を着てコーヒーを淹れていたのかなって、稔君の制服姿を見ていたら想像してしまった。

健と私で子猫日和を切り盛りして、たまに稔君が手伝ってくれて。

ちくわは看板猫として入り口でお客様を出迎えてくれるの。ドアベルを付けなくても、お客様が来る度に『うにゃうにゃ』鳴いて来店を教えてくれたりしてね。

そんな未来を、もう来ないとわかっていても想像してしまう。


だからこそせめて、夢だけは叶えたい。

叶えた時に健はいないけど、いないからこそ叶えたい。

稔君が夢への一歩を踏み出したんだから、次は私の番だよね。

まずは子猫日和を運営するために必要な資格を順番に取っていこう。

食品衛生責任者の資格は平日しか講習会をしてないから有休を使って取りにいくとして、他にも必要な資格は取れるうちに取っておいて……ていうか、ちょっと待って。

そもそも、うちの会社って副業オーケーだったかな？

後からダメでしたなんて言われても困るから調べておかないと。

ていうか、子猫日和は平日も土日も営業するからオーケーだとしても無理？

こ、困ったぞ……どうしよう。

六話　猫を被った協力者……

Hitotsu yane no shita, ani no kongakusha to koi wo shita.

オリオンでアルバイトを始めてから二週間。

最近は仕事にも慣れ、それなりに充実した日々を過ごしていた。

店長や帆乃香さんに仕事を教えてもらい、少しずつできることが増え、今ではお客様が来店してから退店をするまでの一連の仕事くらいは問題なくこなせるようになっている。

できることが増えると、あれだけ緊張していたのが嘘のように仕事が楽しい。

多少の充実感とやりがいを覚え始め、一日が過ぎるのもあっという間。

特に今日は、店長の都合で十五時にお店を閉めたから物足りない。

僕はいつものように帆乃香さんと一緒に帰り支度をしていた。

「お待たせしました。先に裏口で待っていますね」

着替えを終えた帆乃香さんが更衣室から出てくると、今度は僕が更衣室へ。

僕らは同じシフトの日は、こうして駅まで一緒に帰るようになっていた。

「すぐに支度するので、猫たちと遊んで待っていてください」

「はい。慌てなくて大丈夫ですから、ごゆっくりどうぞ」

あまり早く着替えても帆乃香さんの楽しむ時間が短くなってしまう。

お言葉に甘えてゆっくり着替え、忘れ物がないか確認してから休憩室を後にする。

通路を抜け、裏口のドアを開けようと手を伸ばした時だった。

『はあああぁ……みなさん今日もきゃわいいですね～♡』

今日も今日とて、ピンク色をした声がドアの向こうで響いていた。

『よしよ～し。ここですか？　ここが気持ちいいんですか～♡♡』

受け取り方によってはセンシティブにも聞こえる声音と会話。

僕がアルバイトを始めて以来、この怪奇現象は何度か起きていた。

だけど、ドアを開けると声はピタリとやみ、そこには猫を撫でくり回してゴロゴロ音のシンフォニーを奏でる帆乃香さんの姿しかなく、季節には少し早いけど軽くホラー。

「早かったですね」

ドアを開けると、やはり帆乃香さんが猫と一曲弾いている姿だけだった。

まぁ……さすがに同じ状況が何度も続けば心当たりがないはずもない。

ただ、証拠がない上に現場を押さえたわけじゃないから信じ難(がた)い。

なにより、どうか僕の勘違いであってくれと願う気持ちもある。

勘違いなわけがないんだけどさ……。

「では参りましょう」

僕らは猫たちに別れを告げ、何事もなかったかのように駅へ向かって歩き出す。

他愛もない会話をしながら駅に着くと、帆乃香さんは改札の前で小さく息を漏らした。

「どうかしましたか？」

「次の電車まで時間が空いてしまったようです」

たった今、電車が出発したところらしい。

それは溜め息の一つも吐きたくなる。

「次の電車までどのくらいですか？」

「四十分ほどですね」

地方の在来線あるあるだけど、電車を一本逃すと次の電車までの時間が空きすぎる。

朝の出勤時間帯や夕方以降の帰宅時間帯は本数が増えるものの、今みたいに中途半端な時間帯は三十分に一本も電車はなく、路線によっては一時間に一本の場合もある。

いつもと帰る時間が違うから時刻を把握できていなかったんだろう。

「よかったら次の電車まで付き合いますよ」

「本当ですか？」

困り顔をしていた帆乃香さんの表情がぱっと明るくなる。

「では、お言葉に甘えさせていただいてもよろしいでしょうか？」

「もちろんです。とりあえず時間を潰せそうな場所を探しましょう」

そうと決まれば、いつまでも改札の前にいても仕方がない。

駅ビル内を散策し、地下街で見かけた茶屋で一休みすることに。

「一つお伺いしてもよろしいでしょうか?」

注文を済ませると、不意に帆乃香さんが尋ねてきた。

「もちろんです。なんでも聞いてください」

帆乃香さんは『ありがとうございます』と口にしてから続ける。

「詮索するようで恐縮なのですが……稔さんがオリオンでアルバイトを始められたのは、なにか特別なご事情があってのことでしょうか?」

特別な事情——その一言に思わずドキッとした。

「どうしてそう思うんですか?」

「理由はいくつかあります。特に人が足りていないわけではない中での採用だった点や、稔さんと店長、志穂さんの三人が近しい間柄なのが見て取れる点。時折、お名前を耳にする『健さん』という方のこと。それらを踏まえ、ご事情があってのことかと思いました」

帆乃香さんが意外と鋭いことに驚きつつ、なんて答えようか一瞬だけ迷った。

一緒に働いている人が理由を気にするのは当然のことだし、いずれ聞かれると思っていたこと。隠すようなことではないし、機会があれば説明するつもりでいた。

ただ話せば長くなるから、どこまで話すかを決めかねていた。

「少し長くなりますが、いいですか?」

でも、帆乃香さんになら全部話してもいいと思った。

物腰が柔らかく穏やかで、優しく、気を配ることができる人。

少なくとも誰（だれ）かに言いふらしたり、悪いようにしたりする人ではない。

帆乃香さんの人間性を信頼している以上に……今まで誰にも話すことができずにいた自分の事情を、誰かに聞いてほしいと思っていたからかもしれない。

「もちろんです。ぜひ、お聞かせください」

その言葉に安堵（あんど）して、僕はオリオンで働き始めた理由を話し出す。


今年の四月上旬に、唯一の肉親だった兄が亡くなったこと。

兄の遺品整理中、兄の夢が喫茶店兼子供食堂を経営することだと知ったこと。

代わりに夢を叶（かな）えようと調べていたある日、志穂さんから兄が高校時代にアルバイトをしていたオリオンを紹介してもらい、勉強のために働かせてもらっていること。

オリオンの看板メニューであるコーヒーゼリーを作ったのが兄だったことや、志穂さんは兄の婚約者で、僕にとって姉のような人。一緒に暮らしていることも話した。

その間、帆乃香さんは黙って耳を傾けてくれていた。

「そうですか……お兄さまの夢を叶えるために」

帆乃香さんは運ばれてきたお茶に両手を添えながら呟いた。

「そうは言っても、まだ全然進んでないんですけどね。店舗探しはこれからですし、運営するための準備や必要な資格取得もまだ。協力者の目途もたっていません」

「協力者とおっしゃいますと？」

「絶対に必要というわけではないんですが、活動資金や食材提供などの金銭的な支援と、子供食堂の運営や調理などを手伝ってくれる人的な支援を受けた方がいいって」

するると帆乃香さんはお茶を一口飲んで視線を落とす。

少し考えるような仕草を見せた後、ぽつりと漏らした。

「もしかしたら……わたしがお力になれるかもしれません」

帆乃香さんが？

「どういう意味でしょうか？」

「少し、わたしのお話も聞いていただけますか？」

僕が頷く（うなず）と、帆乃香さんはお礼を言ってから言葉を続ける。

「実はわたしにも、いつか保護猫カフェを開くという夢があるんです」

保護猫カフェ――。

それは一般的な猫カフェとは違い、保護を目的とした非営利目的のカフェのこと。

野良猫や捨て猫、飼い主が亡くなり取り残された猫など、様々な事情で保護された猫たちが安心して暮らせる場所であると共に、人が猫と触れ合える癒やしの場所。

そこで得た資金を新たな猫の保護活動費に充てるという枠組みのカフェで、さらに里親募集の場としても機能し、幸せな猫を一匹でも多く増やそうという活動の拠点。

捨て猫だったちくわを家族として迎え入れた僕や兄にとって他人事とは思えず、ネットで保護猫カフェや保護団体について調べ、ささやかながら寄付したこともある。

近年ニュースで取り上げられることも増え認知が広がっている。

「素晴らしい夢だと思います。うちも保護した猫を飼っているので」

「え――!?」

すると帆乃香さんは、いつもより高めのトーンで声を上げた。

聞き覚えのある声音だったのは気のせいだろうか？

ていうか、ついさっきも聞いた気がする……。

「稔さん、猫を飼っていらっしゃるんですか？」

「はい。昔、兄が捨て猫を見つけて拾ってきたんです」

「ほほう……さようですか」

どうしたんだろう。

帆乃香さんの様子がちょっとおかしい。

「稔さん、お話の続きは場所を変えていたしましょう」

「場所を変えてですか？　いいですけど……どこに？」

「ぜひ稔さんのご自宅でさせてください」

「う、うちですか――!?」

まさかの展開に思わず声が裏返る。

「込み入ったお話になりますので、落ち着ける場所がいいと思います」

なんだろう……いつも穏やかな帆乃香さんとは違う妙な圧を感じる。

いつも通りの笑顔だし、物腰も柔らかいままだし、言葉遣いも上品なまま。

だけど瞳の色だけがいつもと違い、妙に熱を帯びているというかギラついていた。

どうしよう……正直、女性を家に上げていいものか判断に迷う。

本人がいいなら断る理由はないんだけど、とはいえ悩む。

家には志穂さんがいるけどダメとは言わないだろうし、むしろ喜んで歓迎しそう。

志穂さんがいるからこそ、万が一にも想像しているような間違いは起こらないはず。

そんな想像をしている時点で家に上げるなと言われそうだけど、思春期男子なら女性から家に行きたいなんて言われたら、その気がなくても想像してしまうもの。

それに断って話の続きを聞けなくなる方が困る。

問題があるとすれば一つ。

「うちで話すのは構いませんが、お茶がきたばかりですよ」

すると帆乃香さんはお茶を手にして一気に飲み干した……マジか。

「わかりました。十五分くらい歩きますけど大丈夫ですか？」

「もちろんです。一時間でも二時間でも歩きましょう」

少し時間をもらい、僕も急いでお茶を飲み干す。

こうして僕らは駅ビルを後にして家に向かった。

＊

帆乃香さんを連れて帰宅した後。

「はああああああああああああああぁぁぁぁん♡」

リビングに歓声というか悲鳴というか、とにかくヤバい声が響いていた。

「きゃわいい……きゃわいいです！　ちくわちゃん、きゃわいすぎますよ♡」

ちくわを抱き上げながら悶絶しているのは言うまでもなく帆乃香さん。

今まで見てきた穏やかな笑顔や物腰、丁寧な口調は絶賛行方不明中。別人かと思うほど……ていうか、どうか別人であってほしいと願わずにはいられないほどの変貌ぶり。

黒髪清楚な和風美人の面影は、季節を過ぎた桜のように散っていた。

「ちくわちゃん、ちょっと吸わせてもらってもいいですか？」

聞いた直後、ちくわのお腹に顔をうずめて深呼吸。

「あはっ……♡」

帆乃香さんの口からセンシティブな声が漏れてリビングに響く。

ちくわは抱き上げられたまま無抵抗、悟りを開いた瞳で僕を見つめていた。

「これは……毛並みが柔らかく香り豊かで、上質な味わい。ここ数年で最高！」

まるでボジョレー・ヌーボーのキャッチコピーみたいなことを言い出した。

猫吸いはテイスティングで、実は猫ソムリエの資格でもお持ちなんだろうか？

「ちくわちゃんは、なんでちくわちゃんってお名前なんですか？」

帆乃香さんは猫吸いを終えると、ちくわと見つめ合いながら尋ねる。

ちくわは『うにゃうにゃ』鳴いて答えるけど伝わるはずもない。

「兄がつけたんです。毛の色が茶色と白でちくわみたいだって」

「とても美味しそうな良いお名前ですね！　食べちゃいたいです――」

代わりに答えると、帆乃香さんはちくわに頬ずりしながら大絶賛。

感想の内容はともかく初めて名前を褒めてくれる人が現れた。

兄が生きていたら大喜びしていたに違いない。

「この中にちくわちゃんの好きな玩具があるといいんですけど」

なんて思っていると、帆乃香さんはバッグから大量の玩具を取り出す。

猫じゃらしだけで数種類、ボールにネズミのぬいぐるみ、その他もろもろ。

いったいどこに隠し持っていたんだと突っ込みたくなるほどの四次元ポケット感。

ちくわも初対面なのに警戒することなく遊んでいるのは、帆乃香さんの猫の扱い方が上手だからか、それともちくわが女性を大好きだからか、はたまたその両方か。

急遽リビングで開催される帆乃香さんとちくわの大運動会。

「…………」

楽しそうに遊んでいる二人を眺める僕。

いつだったか、兄が話していたことを思い出す。

兄の勤める会社には、誰もが清楚だと認める男性社員憧(あこが)れの女性がいたらしい。

優しく穏やかで、仕事でミスをしても決して怒ることなく女神(ヴィーナス)と呼ばれていた女性。

ある日、女神が初めて職場の歓送迎会に参加した際、男性社員たちはチャンスとばかりに機を窺い、あわよくばお持ち帰りしようと虎視眈々と狙(ねら)い合っていたらしい。

ところがどっこい、お酒を一杯飲んだ直後に女神の様子が激変。

おまえは誰だと突っ込まずにはいられないほどパリピなキャラに変貌し、その場にいた誰もが言葉を失った。なんでも学生時代は飲みサーのギャルだったことが判明。

その日以来、彼女の呼び名が女神(ヴィーナス)から酒の神(バッカス)に変わったらしい……酷すぎる。

つまりなにが言いたいかというと、アルコールを摂取すると別人のように性格が変わる人がいるように、帆乃香さんは猫を摂取するとキャラが激変するタイプなんだろう。

お察しの通りオリオンの裏口から聞こえていた声の主は帆乃香さんだった。

うん、知ってた……知ってはいたけど本音は知りたくなかった。

まさに猫を愛し、猫に愛された女性と言っていい。

「……それにしても別人すぎる」

自分を解放した美少女と猫の戯れる光景。

ある意味、幸せな光景をソファーに座って眺めること三十分。

帆乃香さんはちくわと遊んで満足したのか、額に滲む汗をハンカチで拭きながら素敵な笑顔を浮かべていた。ちくわは遊び足りないらしく必死に肩にしがみ付いているけど。

現実逃避はこのくらいにしておいて、さてどうしたものか。

「帆乃香さん、猫が好きなんですね」

「はっ——!?」

そっと声を掛けると帆乃香さんは我に返って肩を震わせる。

僕に向き直ると、ちくわを頭に乗せて隠れるように身を縮めた。

「申し訳ありません……はしたない姿をお見せしてしまいました」

性格的にも状況的にも猫を被っている、まさにそんな状況。

テンションの温度差が激しすぎて風邪を引きそうだよ。

「はしたないなんてことありません」

「で、ですが……」

「むしろ僕は嬉しく思っています」

「嬉しい……ですか？」

帆乃香さんは不思議そうに首を傾げながら、ちくわの陰から僕を覗く。

「帆乃香さんはいつも穏やかで優しくて、仕事も完璧。こういう言い方は失礼かもしれませんが、完璧すぎる印象があったので、素の帆乃香さんを知ることができて嬉しいです」

もちろん驚きはしましたけどね、と少しおどけて付け加える。

「誰しも好きな物の前では普通ではいられませんから」

「そんなふうにおっしゃっていただけるなんて……」

帆乃香さんは被っていたちくわを頭から下ろす。

「ありがとうございます。わたしの方こそ嬉しく思います」

そう言って浮かべた笑顔は、今まで見せてくれた笑顔の中で一番可愛らしい。

年下の僕が言うのも失礼だけど、年相応の女の子の笑顔に見えた。

「それでは、お話の続きをさせていただきます」

「お願いします」

帆乃香さんはちくわを抱っこし直すと、隣に腰を掛けて語り始める。

「改めて、わたしの夢は保護猫カフェを開くことです。行き場のない子たちを保護し、安心して暮らせる場を作り、大切にしてくれる里親さんとの出会いの場を作りたい。オリオンでアルバイトをしているのは、稔さんと同じくカフェを開くための経験を得るためです」

話を聞いて真っ先に思ったのは、僕らの夢は根本的に近いということ。

守りたい対象に違いはあれどオリオンで働く理由も同じ。

「稔さんは年間、何匹の猫が殺処分されているかご存知ですか？」

だからかもしれない。

その理由が極めて切実なのも容易に想像がついた。

「いえ……想像もつきません」

「少し前の数字ですが二〇一九年度で、約二万七千匹です――」

「二万七千……」

想像をはるかに超える数字に言葉を失くした。

「多いと感じると思いますし、事実多いのですが、これでも減ってきています。十年前は約十万匹でした。そんな中、この街の二〇一九年度の殺処分数は、わずか一匹でした」

「一匹？　それはすごいですね」

今度は逆に想像をはるかに下回る少なさで驚いた。

「一匹とはいえ天国へ旅立った子がいる以上、決して喜んでいいものではありません。ですが市と保護団体、さらにボランティアの方々が協力して、保護施設の拡充や譲渡会を頻繁に開催するなどして命を繋いできたことは、とても素晴らしいことだと思います」

「そうですね。僕もそう思います」

「ですが、この一匹という数字は決して鵜呑みにしていい数字ではありません。あくまで保護された数における殺処分数。今もなお保護されず、過酷な環境で生活をしている子たちは後を絶ちません……むしろ地域によっては年々数が増えています」

数字のからくりか……実情は決して明るくない。

一瞬でも喜んだ自分の浅はかさを悔やまずにはいられなかった。

「現状を知ったわたしは一匹でも多くの子が幸せになれるよう、保護猫カフェを開こうと決意しました。ですが順調にいっても五年は先のこと。状況次第では十年先かもしれません。あまりにも遠い未来すぎます。夢を語る時、同時に胸を痛めずにはいられません」

帆乃香さんの話を聞くほどに、僕らは似た志を持つ者同士だと実感する。

僕は僕らのような子供たちのため、帆乃香さんは行き場のない猫たちのため。

それに子猫日和は、子供たちのための食堂であると同時に、野良猫たちの居場所でもある。

シンパシーのようなものを感じずにはいられない。

「だから、わたしは今できることをしようと、保護猫活動に取り組まれているボランティアに参加させていただいて、月に何度か野良猫や保護猫たちのために活動をしているんです」

いや、僕より帆乃香さんの方がずっと未来を見据えている。

生まれて初めて心から尊敬できる人に出会えたような気がした。

「話が長くなってしまいましたね」

「いえ、もっと聞かせてほしいくらいです」

「お待たせいたしました。ここからが本題です」

帆乃香さんは背筋を伸ばし、凛とした表情で僕と向き直る。

「稔さんが必要とされている協力者、わたしがご紹介できるかもしれません」

「協力者を?」

それは想像もしていない一言だった。

「というのも、保護猫活動の一環で児童養護施設に足を運ぶことがあるんです。少し想像が湧きにくいかと思いますが、稔さんはアニマルセラピーという言葉をご存知ですか?」

「詳しくはありませんが、聞いたことくらいは」

「簡単にいえば、猫や犬などの動物と触れ合うことで癒やされたり、ストレスを軽減したり、心のケアに繋がるというものです。近年、科学的にも動物との触れ合いが良いと証明されつつあり、老人ホームや病院でも取り入れるところが増え始めています」

確かに、そんな話をニュースで見聞きしたことがある。

猫のゴロゴロ音に癒やし効果があるのも似たようなものだろう。

「児童養護施設で暮らす子供たちのように、複雑な家庭事情を抱える子供たちの心のケアになればと、定期的に猫や犬を連れて伺っているんです。ですので、わたしが関わっている方々の中に稔さんの夢に共感してくださる人がいるかもしれません」

「なるほど……」

こんな形で繋がるなんて夢にも思わなかった。

「もちろん、ご紹介するにあたり稔さんの活動が本格的に動き出している、もしくは活動の目途が立っている必要はあると思います。そうでないと、先方も具体的な相談ができないと思いますので、手放しにお約束はできないのですが……」

「可能性があるだけでも充分です。ありがとうございます」

確かに紹介してもらえるなら協力者が見つかるかもしれない。

だけど、僕の中で紹介してもらう以上の案が浮かんだ。

「あの、僕からも一つ提案があるんです」

「どんなご提案でしょう？」

「実は――」

口にしかけた瞬間だった。

「ただいま――えっ？」

ドアが開くと同時に、聞きなれた声がリビングに響く。

視線を向けると、そこには帰宅した志穂さんの姿があった。

「み、み、み……」

「み……？」

志穂さんが驚きに表情を歪めた次の瞬間。

「稔君が彼女を連れ込んでるー！」

「な、なにを言ってるんですか！」

盛大に誤解されて思わず全力で突っ込む。

予想外の一言に柄にもなく大声を上げてしまった。

「ごごご――ごめんなさい！　私もう一度出かけてくるから、あとは若い者同士でごゆっくり……あ、でもこの場合、姉的な立場としては一言ご挨拶するべきなのかな？」

僕よりも志穂さんの方が驚きまくって絶賛困惑中。

お見合いをセッティングした地域の世話焼きおばちゃんみたいなことを言ったかと思うと、今度はまともなことを口にしつつ、バッグから手鏡を取り出して身だしなみを整える。

僕が言うのもなんだけど、お願いだから落ち着いてほしい。

「初めまして、私は稔君の――ん？」

いつもの三割増しの笑顔を浮かべて振り返った瞬間だった。

志穂さんは頭の上に疑問符を浮かべて首を傾げる。

「あれ？　どこかでお会いしたことがあるような……」

帆乃香さんはソファーから立ち上がると丁寧に頭を下げた。

「お姉さま、ご無沙汰しております。先日はご来店、ありがとうございました」

「お姉さま……？　ああっ！」

頭上に浮かんでいた疑問符が豆電球に変わる。

「えっと、確か……帆乃香ちゃん！」

「憶えてくださっていて光栄です」

「久しぶりだね！」

志穂さんはようやく状況を理解してくれたらしい。

僕もほっと一息、安堵に肩の力が抜けた直後。

「まさか二人がお付き合いしていたなんてびっくり！」

「だから違いますってば！」

絶賛勘違いを継続中、一ミリも理解していなかった。

「お付き合いしてないなら、どうして帆乃香さんがうちに？」

「……それは僕から説明します」

妙な疲れが押し寄せる中、僕は一から説明を始める。

今日は仕事が早く終わり、お互いの夢について話す機会があったこと。

帆乃香さんがちくわに会いたくて、話の続きを家ですることになったこと。

兄の夢を知った帆乃香さんが協力者を紹介できるかもしれないと教えてくれたこと。

というのも、帆乃香さんは保護猫カフェを開く夢があり、その一環で保護猫活動をしているボランティアに参加していて、児童養護施設などの支援団体と繋がっているから。

僕らの活動次第で紹介できるかもしれないと言ってくれたこと。


ひと通り説明を終えると、志穂さんは嬉しそうに手を叩いた。

「こんな形で伝手のある人と繋がれるなんて思わなかったね」

「はい。本当にありがたいお話だと思います」

僕は改めて帆乃香さんに向き直る。

「それで、さっきの話の続きなんですが」

「はい。なにかご提案があるとのことでしたね」

「思いつきの案なので、一つの選択肢として聞いてください」

僕はそう前置きをしてから話を続ける。

「僕らと帆乃香さんで協力できないでしょうか?」

「わたしたちが協力……ですか？」

「協力者を紹介してもらう話とは別です。それはそれとして、僕らは協力できることがあると思ったんです。わかりやすく言えば、一緒に活動できるんじゃないかなって」

こんな説明だけで理解してもらえるはずもない。

逸る気持ちを落ち着かせながら具体的な説明を心掛ける。

「兄の夢は子供食堂を開き、複雑な家庭事情を抱える子供たちに無償で食事を提供すること。でもそれだと、お腹を満たしてあげることはできても、心は満たしてあげられない」

僕はなにも子供たちの問題まで解決してあげようなんて思っていない。

僕らが子供たちの抱える複雑な事情を解決できないことはわかっている。

それは専門家の人たちでないと難しく、専門家の人たちですら難しいことだろう。

僕らにできることは、かつて僕と兄がしてもらったようにお腹いっぱいのご飯を食べさせてあげて、一時的にでも安心できる場所を提供してあげることくらい。

言わば逃げ出したい時に逃げられる場所を作ること。

「問題を解決してあげられなくても、落ち着ける場所があるだけでも違うはず。もしその場所が、お腹と一緒に心も満たせる場所だとしたら最高だと思うんです。兄がやろうとしていた喫茶店兼子供食堂の名前は『子猫日和』といって、子供と猫が共に穏やかに過ごせる場所という意味が込められていますから、帆乃香さんの夢にも近いと思います」

「なるほど……」

帆乃香さんは僕の意図を正しく受け取ってくれたんだろう。

ゆっくりと、でもしっかりと頷いてから顔を上げた。

「つまり、お誘いをいただいているということでしょうか?」

「はい。その通りです」

帆乃香さんの真剣な瞳に、僕も精一杯の誠実さを込めて返す。

「一緒に喫茶店を経営し、保護猫活動と子供食堂を行う感じでしょうか?」

「それが一番いいと思いますが、必ずしも一緒に経営する必要はないと思います。どんな関わり方であったとしても、僕らが協力できることはあると思うんです」

帆乃香さんが言った通り一緒に経営をしてもいい。

もしくは経営は別々で、保護猫カフェ出張版みたいな感じで子猫日和に猫たちを連れてきてもらってもいい。なんなら、その場で保護猫の譲渡会ができたら最高だと思う。

保護猫の譲渡を受けるには家庭環境が考慮されるから難しいケースもあると思うけど、子猫日和を通じて地域のコミュニティと繋がれば譲渡会の実施は不可能じゃない。

思いつきで提案する僕の話を、帆乃香さんは頷きながら聞いてくれた。

我ながら必死すぎて柄じゃないと思うけど、今だけは必死にもなる。

やっぱり僕は、よく知りもしない人たちの中から協力者を探すよりも、僕らと近い夢を持ち信頼できる帆乃香さんのような人に協力してほしいし、協力したい。

「とても丁寧にご説明していただき、ありがとうございました」

どのくらい話し続けていただろう。

話がいち段落すると、帆乃香さんは笑顔でそう言った。

「お誘いいただき、とても嬉しく思います」

「じゃあ――」

先走って喜びかけた直後だった。

「ですが、申し訳ありません。ご期待には添いかねます」

「え……？」

予想外の答えに驚きの声が漏れてしまった。

「そ、そうですよね。いきなりこんなことを言われても困りますよね」

「とても魅力的なお話だと思いました。ですが、わたしが保護猫カフェをやる理由と稔さんが子供食堂をやる理由は、あまりにも違いすぎるので協力しない方がいいと思います」

理由が違いすぎる――それこそ、あまりにも意外な言葉だった。

むしろ守りたいものが違うだけで想い(おも)は同じだと思ったから。

「そろそろ、いいお時間ですね」

帆乃香さんの言葉にハッとして我に返る。

壁掛け時計に目を向けると十八時を過ぎていた。

「このあたりで失礼したいと思います」

「じゃあ、駅まで送り――」

「帆乃香ちゃん、私の車で駅まで送ってあげる」

そう言いかけて、志穂さんにそっと手で制止された。

「ありがとうございます。お言葉に甘えさせていただきます」

二人は荷物を手にして立ち上がる。

「稔さん、またオリオンでお会いしましょう」

「はい……今日はありがとうございました」

帆乃香さんはいつもの笑顔でお辞儀をすると、志穂さんと一緒に家を後にした。

しばらく玄関に立ち尽くしていると、ちくわが僕の足元でちょろちょろしだす。何度も身体を擦り付けてくるのは構ってほしいからか、僕を心配してくれているからか。

「……戻ろうか」

ちくわと一緒にリビングへ戻り、ソファーに座って考える。

正直に言えば、断られるとは思わなかった。

いや……冷静に考えれば断られて当然か。

僕らはまだ知り合って日が浅く、お互いを理解できるほど積み重ねた時間がない。心から信頼できる人だとは思うけど、僕も帆乃香さんもお互いのことを知らなすぎる。

そんな相手から一緒に夢を叶えようと誘われても無理な話。

それでも……いい返事がもらえると期待してしまった。

「なんか、悪いことしたかな……」

そんなことを考えていると、しばらくして志穂さんが帰ってきた。

玄関までお出迎えに行ったちくわを連れて戻ってくると、僕の隣に腰を下ろす。

「僕……変なこと言ってしまったでしょうか？」

「振られちゃったこと、気にしてるの？」

「振られちゃったって……」

まるで失恋みたいな言い方だと思ったけど、似たようなものか。

「別に変なことは言ってないと思うし、稔君の想いはちゃんと伝わったはず」

「だったら――」

「ちゃんと伝わったから、はっきり断ってくれたんだよ」

志穂さんの言葉の意味がわからずに黙り込む。

すると志穂さんは、僕の気持ちを察してか言葉を続ける。

「あの子には夢を叶えるための確固たる意志があるんだと思う」

「確固たる意志……？」

「それは稔君も同じだと思ったから、中途半端に期待を持たせるような返事はせずに断ってくれた。稔君にとっては残念な結果だと思うけど、とても誠実なお返事だったと思うよ」

確固たる意志があるから断った……か。

あまりにも即答すぎて戸惑ったけど、誠実さの表れと思えば納得できる。

「それでも誘いたいなら、まずは帆乃香ちゃんを理解すること」

「僕もそう思っていました」

「私たちの事情は説明したけど、私たちは帆乃香ちゃんが保護猫カフェをやりたい理由を聞かせてもらってない。たぶん、あえて語らなかったんだと思う。それは信頼してないからじゃなくて、まだ話してもいいと思えるほどの間柄じゃないだけだと思う」

その通りだと思う……まだ出会って一ヶ月にも満たない。

むしろ、それで全てを話した僕の方がどうかしている。

「いつか帆乃香ちゃんが自分のことを話してもいいと思ってくれるように、まずは信頼されないとだよね。今日のところは、稔君の気持ちを伝えられただけで充分だと思うよ」

相手に心を開いてもらうには、まず自分から。

そう思えば志穂さんの言う通り充分かもしれない。

「頑張れ男の子、いつだって女性を口説くのは男性の役目なんだから」

「振られたとか口説くとか……恋愛の話じゃないんですから」

「恋愛と一緒。まずは相手を知るところから始めよう♪」

どこまで本気かわからない感じでおどけてみせる志穂さん。

でも確かに、女性に心を許してもらおうと努力するのは恋愛と一緒なのかもしれない……なんて、僕はこの歳になっても恋をしたことがないからわからないけど。

「わかりました」

志穂さんに答える以上に自分自身に言い聞かせる。

「今すぐは無理でも、オーケーしてもらえるように頑張ります」

そう、今は無理でもいい。

でも諦めるつもりは微塵もなかった。

志穂の日記

Hitotsu yane no shita, ani no konyakusha to koi wo shita.

びっくりした！

今年一番びっくりしちゃった！

リビングに女の子がいるのを見た瞬間、稔君が彼女を連れてきたと信じて疑わなかった。

驚きすぎてどうしようかと思ったけど、相手が帆乃香ちゃんで安心した。

別に二人はお付き合いしているわけじゃないし、安心したっていうのも変か。

でも、そうだよね……稔君も高校二年生、いつ彼女ができてもおかしくないよね。

今日は驚きすぎて取り乱しちゃったけど、稔君のお姉さん的存在の私としては、きちんと挨拶できるように来るべき日に向けて気持ちの整理をしておかないとね。

……いやいや、気持ちの整理っていうのも変な話か。

でも、正直に言うと少しだけ複雑な気持ちになった自分もいた。

彼女じゃないって言われて安心したのは、たぶん娘が初めて彼氏を家に連れてきた時のお父さん的な気持ちか、もしくは弟の彼女に嫉妬するブラコンな姉的心境？

私は一人っ子だからわからないけど、たぶん似たような感じかな？

うーん……それとも少し違うような気もするけど、まぁいっか。


帆乃香ちゃんに稔君の提案を断られたのは残念だけど、それ以外は概ね順調かな。

喫茶店と子供食堂の勉強は進んでいるし、稔君がオリオンで経験を積んでくれている。

子猫日和の運営に必要な資格は、いつでも取得できるように講習日をチェック済み。

協力者は然(しか)るべきタイミングで帆乃香ちゃんに紹介してもらうとして、一番いいのは帆乃香ちゃんが協力してくれることだけど、それは稔君の頑張り次第ってところかな。


店舗の場所をどこにするか、借りるか買うかは引き続き検討中。

あまり資金的に余裕はないけど、私も結婚資金で貯めていたお金がある。稔君は嫌がるかもしれないけど、いざとなればそのお金を充てればいいから心配はしていない。

とはいえ、店舗の件はしばらく先の話かな。

今は一つずつできることをしていこう。

七話　兄の後輩

Hitotsu yane no shita, ani no konyakusha to koi wo shita.

「雨が降る前に済ませて帰らないとな……」

早いものでアルバイトを始めて一ヶ月——兄の三度目の月命日。

期末テストを終えた最終日の午後、僕は兄のお墓参りのため霊園に来ていた。

いつものようにお墓を綺麗に掃除してから花を供え、お線香を上げて手を合わせる。

兄が亡くなってから月に一度のルーティンとなっているお墓参り。

いつものように、僕は心の中で兄に近況を報告する。


オリオンでのアルバイトは順調で、最近は仕事が楽しくなってきたこと。

兄がコーヒーや喫茶店が好きだった気持ちも、少しずつ理解できてきたこと。

喫茶店と子供食堂について調べながら、今は子猫日和の運営についても勉強中。

帆乃香さんの夢を知り、お互いに協力し合えると思って誘ったけど断られてしまい、それでも諦めるつもりはないこと。

まだ活動を始めて一ヶ月半くらいだけど一歩ずつ前に進めていると思う。

こうして兄と話していると、不思議と気持ちが落ち着く気がした。

「……ん？」

ひと通り伝え終えた頃、ふと人の気配を感じて顔を上げる。

振り返ると、すぐ傍で見覚えのある女性が花束を手に立っていた。

「こんにちは」

仕事帰りだろうか、スーツを着ている姿を見る限り社会人だろう。

少し明るめの色をしたロングヘアーに、輪郭の整った美しい顔立ち。

志穂さんを可愛い系の美人だとすれば、この人は綺麗系の美人といった感じ。

誰もが見惚れそうなほど薄い瞳の色が印象的で、こうして目を合わせているだけで吸い込まれそうになる透明感。まるで宝石を思わせるような美しさに視線を奪われる。

こうして面と向かってみると、改めて綺麗な女性だと思わされた。

「私もお花を供えさせてもらっていいかしら？」

「もちろんです。ありがとうございます」

一歩下がってお墓の前を空けると、女性はバッグから小分けにパッケージされた一口サイズのチョコを取り出し、手にしていた花束と一緒に供えてから手を合わせる。

そのチョコには見覚えがあった。

「あの、何度かオリオンでお会いしてますよね？」

そう、この女性に会うのは今日が初めてじゃない。

アルバイト初日にオリオンに来店し、アイスカフェラテとコーヒーゼリーを頼んだ人。

お客様の年齢層が高めのオリオンに若い女性が一人で来たのが印象的で覚えていたんだけど、その後も何度か来店し、その都度同じメニューを注文してくれていた。

ちょっとした顔見知りのような関係だった。

「あなたと初めて会ったのはオリオンじゃないんだけど、覚えてない？」

どこかで会ったような気がしていたのは間違いではなかったらしい。

だけど、どれだけ記憶を探っても心当たりがない。

「無理もないわ。健さんのお葬式の時だったから」

「すみません……その節は、ありがとうございました」

この人に限らず、兄のお葬式に来てくれた参列者のことは覚えていない。

申し訳ないと思うけど、当時の僕にそんな余裕はなかった。

「いつも兄のお墓参りに来ていただいて、ありがとうございます」

「どうしてそう思うの？」

「先月の月命日に来た時、同じチョコがお供えしてあったので」

「……このチョコ、健さんが職場でホットコーヒーを飲む時、砂糖の代わりに入れてたの。これじゃないとダメだって、いつもデスクの引き出しをチョコでいっぱいにしてたわ」

「兄がこのチョコをコーヒーに……それは知りませんでした」

職場ということは、この人は兄の同僚？

「兄と親しかった人に偶然でもお会いできて嬉(うれ)しいです」

「偶然じゃないの」

すると女性は意外な言葉を口にする。

「今日ならここで、あなたと二人きりで会えると思ったから」

「え——？」

僕と会うためにここに来た？

「志穂が仕事で来られないのも確認済み。どうしても二人で話したかったの」

「じゃあ……オリオンに来ていたのも、僕と話をするためですか？」

「さすがに仕事中に話しかけるのは悪いと思って控えたけどね」

いや、それよりも先に気になったこと。

この人は兄だけではなく志穂さんのことも知っている？

「私の名前は杏美悠香(あずみゆうか)。志穂の学生時代からの友達で、健さんの職場の後輩。そうね……健さんに志穂を紹介した友達って言った方が、あなたにはわかりやすいかしら？」

「あなたが、あの悠香さん——？」

前に兄が言っていた、志穂さんを紹介してくれた後輩の人？

「……あのって、どういう意味かしら？」

するとと悠香さんは少しだけ訝しそうに眉をひそめた。

「馴れ馴れしくお呼びしてすみません。兄と志穂さんの会話によくお名前が出ていたので、勝手に親近感を覚えていたんです。えっと……杏美さん、とお呼びすればいいですか？」

「別に、それなら悠香で構わないわ」

呼び方はさておき、二人にとって大切な人が僕になんの用で？

「単刀直入に言うわ――」

そんな疑問は次の一言で解けた。

「あなたには、志穂と別れてほしいの」

あまりにも多くの情報がいっぺんに押し寄せて処理しきれない。

他に誰もいない霊園に吹き込む風が妙に冷たく、気づけば小雨が降り出していた。

＊

その夜、僕は志穂さんとカップラーメンを食べていた。

夕食は僕が作る約束なのに、帰宅後なにも手につかないまま日が暮れ、志穂さんが帰ってきた『ただいま』の声で我に返り支度をしていなかったことに気づく始末。

すぐに作ろうと冷蔵庫を開けたんだけど、こんな時に限って中は空っぽ。

買い出しに行くには遅く、今夜は買い置きのカップラーメンで済ませることに。

志穂さんは『たまにはこんな夕食もいいよね』と優しく言ってくれたけど、申し訳なさに加え、あんなことがあったせいか食事中も心ここにあらずで箸が進まない。

「稔君、どうかした？」

僕の様子がおかしいことに気づいたんだろう。

向かいに座る志穂さんは心配そうに僕の顔を覗き込む。

「食欲がないみたいだけど、具合でも悪いの？」

「いえ、そんなことありません。元気ですよ」

「そう？　それならいいんだけど……」

志穂さんに気づかれないよう、いつも通りでいようと思っていた。

だけど、いつもと変わらない自分でいようと心がけている時点で、もうすでにいつもの自分でいられるはずもなく、自分をよく知る人からしたら不自然に見えて当然。

今さらだと思いながらも心配を掛けないように明るく振る舞う。

「オリオンでアルバイトを始めてから一ヶ月半くらい経ったので、さすがに疲れが溜まってきたのかもしれません。今日は早めに寝て、ゆっくり休もうと思います」

「そうだね。片付けは私がしておくから、先にお風呂どうぞ」

「ありがとうございます」

お言葉に甘え、カップラーメンを胃に流し込んでからお風呂場へ向かう。

脱衣所で服を脱いで浴室内に入り、頭と身体を洗ってから湯船に浸かった。

「はぁ……」

お風呂は心の洗濯とはよく言ったもの。

いつもより少し熱めのお湯に浸かると、疲れと一緒に雑念まで洗い流されていくような感覚を覚えて声が漏れる。ようやく頭の中がリセットされて落ち着いた気がした。

「……別れてほしい、か」

兄のお墓の前で悠香さんが言った言葉を確認するように呟く。

僕は天井を見上げながら、その後の会話を思い出す――。


「あなたには、志穂と別れてほしいの」

雨が降り始める中、悠香さんは僕を真っ直ぐに見つめながらそう言った。

その瞳は真剣そのもので、やや怒りにも似た感情が見て取れる。

だけど僕は向けられている言葉と感情の意味を受け取りかねていた。

「……どういう意味でしょうか？」

「ごめんなさい。結論を急ぎすぎたわ」

悠香さんは謝罪の言葉を口にしてから続ける。

「別に付き合ってるわけじゃないから、別れてほしいって言い方は違うわね。わかりやすく言えば、志穂との同居を今すぐにでも解消してほしいってこと。そのお願いに来たの」

同居のことを知っている？

「……志穂さんに聞いたんですか？」

「聞いたというか、問い詰めたって言い方の方が正しいかもね」

「問い詰めた？　僕らが同居をしていると、どうやって知ったんですか？」

「四月の半ば頃、偶然ショッピングモールで二人が一緒にいるところを見かけてね」

志穂さんが引っ越してきた翌日、買い出しに行った時のことだろう。

確かに雑貨屋でお会計を待っている間、誰かに見られているような気がしていた。

知り合いに見られたら面倒だと思って注意していたけど、まさか僕ではなく志穂さんの知り合いに見られていたとは思わなかった。

「最初は二人で買い物をしているんだ、くらいに思って気にも留めなかった。健さんが亡くなって弟さんの面倒を見てあげるのは、志穂の立場なら自然なこと。だけど、二人が買っていた物を見て察したわ……二人が一緒に住み始めたんだって」

買っていた物は明らかに新生活に必要な日用品。

勘のいい人ならすぐに察するだろう。

「その後、すぐに志穂に聞いたの。でも何度聞いても言葉を濁すから、悪いとは思ったけど会社帰りに後をつけてみた……そうしたら案の定、あなたと健さんの家に帰っていた」

そこまで話すと、悠香さんの表情がより険しくなる。

「あれだけとめたのに……本当に一緒に暮らすなんて思わなかったわ」

「あれだけとめたのに――――?」

悔しそうに漏らした一言が、頭の真ん中で引っかかった。

「悠香さんは、志穂さんが僕と一緒に暮らすつもりなのを知ってたんですか?」

「ええ。健さんが亡くなる前に、健さん本人から聞いていたから」

「兄さんから? 兄さんが悠香さんに、志穂さんが僕と一緒に暮らすと言ったんですか?」

「そうよ。自分が亡くなった後のことは志穂に任せた。志穂があなたと一緒に住んでくれるから安心だって。これでもう思い残すことはないって……笑顔で言ってたわ」

図らずも抱え続けていた疑問の答えを知ってしまった。

つまり志穂さんが言っていたことは正しかったということ。

志穂さんから『兄から僕を託された』とは聞いていたけど、正直に言えば、僕は今の今まで半信半疑だった。いや……どちらかといえば疑いの方が大きかった。

何度も言うように、僕は兄がそんなことを言うとは思えなかったから。

でも悠香さんも同じことを口にするのであれば、もはや疑うことはできない。

「そんなことを頼む健さんも健さんだけど、託される志穂も志穂よ……」

悠香さんは表情を悲痛に歪めた。

「健さんの気持ちはわかる。大切な弟が心配で、誰かに任せたいと思うのは当然だと思う。他に肉親がいないならなおさら。健さんは恋人の未来を縛るような真似をする人じゃないと思っていたけど理解はできるわ。でも、それじゃあ……志穂の未来はどうなるの？」

疑問形の言葉は間違いなく僕に向けられている。

だけど怒りにも近い感情の矛先がどこに向いているかわからない。

どうしてか、不思議と僕や兄に向けられているようには感じなかった。

「今は難しいと思うけど、いつか志穂も健さんのことを忘れられる日が来る。忘れられないにしても思い出にできる日が来て、新しい出会いもあると思う。その時に……亡くなった婚約者の弟と一緒に暮らしていることが知られたら、そんな機会もなくなってしまう」

返す言葉がなかった。

「私は志穂に幸せになってほしいの」

なぜなら悠香さんの言っていることは極めて正しい。

そう思うのは、悠香さんの言葉は僕の想いと全く同じだったから。

「あなたが悪いわけじゃないの。責めているように聞こえてしまったならごめんなさい」

悠香さんは僕に対して良い感情を抱いているはずがないのに配慮してくれている。

交わしている言葉以上にそう感じるのは、悠香さんの優しさの表れだろう。

「でも、あなたに志穂の将来を想う気持ちがあるなら、少しでも早く同居を解消してほしい……あなただって、今のままじゃいけないと思っているでしょう?」

語尾は疑問形なのに口調と瞳は確信に満ちている。

その一言は、まるで全てを見透かすように僕の胸を貫いた。

「……この件、志穂さんに話はされたんですか?」

悠香さんはゆっくりと首を横に振った。

「何度言っても聞き入れてくれないから、あなたに会いに来たの」

つまり悠香さんにとって、これは最後の手段ということ。

「今すぐ返事をしてくれなくていい。気持ちの整理や準備も必要だと思う。でも、いつまでも待つわけにもいかない。一週間後の夕方、ここで待ってるから返事を聞かせて」

悠香さんはそう言うと、僕に連絡先を渡して去っていく。

雨に打たれながら去っていく背中が、少しだけ寂しそうに見えた。

――ひと通り思い出した後、僕は言葉にし難い感情に苛まれていた。

突然、僕の前に現れた、兄と志穂さんの共通の知人である杏美悠香さん。

兄から聞かされていた志穂さんとの馴れ初め――会社の後輩である悠香さんという女性から志穂さんを紹介され、その後、二人きりで会った時に告白して付き合い始めた。

つまり兄と志穂さんにとって、とても大切な人なのは想像に難くない。

たぶん志穂さんにとって親友と呼んでいい間柄なんだと思う。

そんな人が僕の前に現れて『同居を解消してほしい』と口にした。

あの言葉が、もう何度目かもわからないほど頭の中で繰り返される。


――あなただって、今のままじゃいけないと思っているでしょう？


心の中を見透かされたような一言だったと思う。

僕も悠香さんも、志穂さんの将来を想う気持ちは同じだからそう感じるんだろう。

悠香さんから感じた切実なまでの必死さは、いわば優しさの表れに他ならない。

「でも……」

優しさだと思う反面、疑問に思う自分もいる。

友達の幸せを願うのは疑うべくもなく優しさだけど、友達なら志穂さんの想い――つまりこの場合、僕と同居するという志穂さんの意思を尊重しようとは思わないんだろうか？

当事者である僕が志穂さんの未来を心配するのとは少し違う。

視点と捉え方を変えれば、悠香さんは兄の願いと志穂さんの想い、その両方を否定しているとも取れてしまう……そこに一握りの疑問を覚えずにはいられない。

とはいえ、僕と悠香さんが同じ想いなのは事実。

「だから同居を解消してほしいと言われて、ノーと言えなかった……」

それなら答えは一つ、イエスと答えて同居を解消すればいい。

僕も悠香さんもそれが一番だと思っているんだから迷う余地はない。

人に指摘をされた今、自分の考えが間違っていなかったと実感している。でも……あれだけ同居はよくないと思っていたのに、いざとなるとイエスと言うことに抵抗を覚える。

自分の心に感じる矛盾……その理由も今ならわかる。

——僕は志穂さんとの同居をよくないと思いながら、本心では心地よく感じていた。

志穂さんと過ごし癒やされる日々を、いつしか大切だと思うようになっていた。

陽だまりにいるような温かさに包まれる時間を愛おしく思っていたんだ。

それが同居の解消を提案された時、胸が痛んだ確かな理由。

でも、それだけなら僕はまだイエスと言えたはず。

「言えなかったのは、もう一つ疑問が残っているからだ……」

そう、僕が同居の解消を受け入れられなかった理由はもう一つある。

むしろ、そちらの方が理由としては大きかった。

＊

それから約束の一週間後までは、言葉の通りあっという間だった。

志穂さんに悠香さんとのことがバレないよう、いつも通り学校に通い、いつも通りオリオンでアルバイトをして、夜は志穂さんの髪を乾かした後に喫茶店と子供食堂の勉強をする。

そんな日々の中、僕はずっと自分の気持ちと向き合い続ける。

だけど結局、結論を出せずに当日を迎えてしまった。

「悠香さん、もう来てるかな……」

学校が終わった後、霊園に着いたのは先週と同じ十七時を過ぎた頃。

お墓へ向かうと、遠目に墓前で手を合わせている悠香さんの姿が目に留まる。

傍まで近づいて声を掛けようとした時だった。

「悠香さ――――？」

目にした光景に言葉を失くして足をとめる。

なぜなら、悠香さんの閉じている瞳の端から涙が溢(あふ)れていたから。

泣いているというには、あまりにも美しすぎる横顔に見惚れてしまった。

もし涙を流す行為を泣くというのなら確かに悠香さんは泣いている。でも声を上げず、表情を崩さず、むしろ決意すら見て取れる表情から想いが涙となって流れ落ちている。

僕の知る涙とは、あまりにも異質のように感じた。

「…………？」

しばらくすると悠香さんは目を開き、僕に気づいて顔を上げる。

涙をハンカチで拭うと一歩下がり、僕にお墓の前を譲ってくれた。

「ありがとうございます」

僕も悠香さんと同じように手を合わせる。

兄に挨拶(あいさつ)をしてから振り返り、改めて悠香さんと向き合った。

「お待たせしました」

「いい返事は聞かせてもらえそうかしら？」

悠香さんは落ち着いた様子で本題から入る。

それは世間話をするつもりはないという意思表示。

「僕も悠香さんと、全く同じことを思っていました」

もちろん僕も余計な話をするつもりはなかった。

「志穂さんの未来を思えば、僕らの関係はあまりにも不健全。同居をやめて、兄のことは忘れてもらい、自分のために生きてほしいと……同居当初からずっと思い続けていました」

「それなら、どうして同居を続けているの？」

「一つだけ、ずっと疑問に思っていることがあるんです」

それが志穂さんとの同居を解消できなかった理由。

「僕にはどうしても、兄が考えなく志穂さんに僕を託したとは思えないんです」

どれだけ考えてみても、やはり僕の知っている兄らしくない。

兄の気持ちを確認する術はないのに、わからないで済ませられずにいる。

「悠香さんも、兄がそんなことをする人だとは思わなかったと言ってましたよね？」

「それは……確かに言ったけど……」

「僕らがお互いにそう思うなら、やっぱり理由があると思うんです。悠香さんは兄から直接、兄が志穂さんに僕を託したことを聞いたと言ってました。他にもなにか、兄から聞いてませんか？　なんでもいいから、なにかヒントになるようなことを」

僕は立て続けに質問を投げかける。

なんでもいいから自分の知らないことを教えてほしい。

「もし理由があって志穂さんに僕を託したのであれば、同居を解消するのは兄の想いを無下にしてしまうことにもなりかねない。僕は自分が託された理由を知らなければいけないと思うんです……お願いします。なにか知ってるなら教えてください！」

悠香さんは唇を噛んで俯く。

「それだけじゃない。僕は悠香さんが同居に反対するのも、なにか別の理由があると思っています。悠香さんほど志穂さんの幸せを願う人が、志穂さんの意思を無視してまで同居を辞めさせようと僕に掛け合ってくるのは不自然です」

「…………」

「志穂さんには言えない、別の理由があるんじゃないですか？」

自分でも冷静さを欠いているのはわかっていた。

「……ごめんなさい」

冷静さを欠いてまくし立てた結果。

僕は気づかぬうちに悠香さんを追い込んでいた。

「こうなったのは……全部、私のせいなの」

誰に向けているかも定かではない悲痛な言葉が辺りに響く。

悠香さんは溢れる感情を抑えられず、瞳からポロポロと涙を零した。

「悠香さん……」

こんな時に不謹慎なのはわかっている。

だけど、その瞳と流れる涙を美しいと思ってしまった。

ナチュラルに薄く吸い込まれそうなほどに透き通った瞳は、涙が滲むことで輝きを増して宝石のように光を散らし、とめどなく溢れる感情と相まってより美しく目に映る。

いつまでも見惚れているわけにもいかず、気持ちを落ち着かせてもらおうと近くのベンチに座るように促したんだけど、悠香さんは兄のお墓の前から離れようとしない。

その場に二人で腰を掛け、悠香さんの気持ちが落ち着くのを待つ。

しばらくすると小さく鼻をすすってから顔を上げた。

「取り乱したところを見せてしまって、ごめんなさい……」

「いえ……泣きたい時は泣いた方がいいですから」

「そうね……健さんもそう言ってたわ」

悠香さんは懐かしそうに呟いた。

「私は、健さんが志穂にあなたを託した理由は知らないの」

「そうですか……」

「でも、今のこの状況は全部、私のせい」

「どういう意味か、聞かせてもらってもいいですか？」

悠香さんは感情を抑えるように両手で自分の身体を抱く。

「私が志穂に健さんを紹介しなければ、志穂が婚約者を亡くすことはなかった」

ああ……そうか。

その一言で、ようやく悠香さんの本心がわかった気がした。

「志穂と健さんが出会うことも付き合うこともなかった。二人が婚約することもなかったし、志穂があなたを託されることもなかった。私が紹介しなければ健さんは婚約者を残して亡くなることはなかったし、二人は悲しまずに済んだの。私が紹介しなければ――！」

あまりにも悲痛な叫びが辺りにこだまする。

一度は落ち着いた感情が再び弾けた。

「私が志穂に嫉妬することもなかったし、二人が幸せになるのを傍で見て辛くなることもなかったし、二人の前で無理に笑顔を浮かべることもなかった。紹介しなければ、私が健さんの傍にいられたかもしれないし、傍で見送ってあげられたかもしれない……でも、それ以上に」

まくし立てるように叫んだ後に一転、声を震わせる。

「私が紹介しなければ、志穂があんなに取り乱して泣くことはなかった……」

悠香さんは先週ここで会った時から怒りにも似た感情を抱いていた。

その理由も怒りの矛先もわからずにいたけど、今の言葉でようやくわかった。

「悠香さんは兄のことを、好きでいてくれたんですね……」

悠香さんの怒りの矛先は他の誰でもない、自分自身に向いていた。

自分が二人を紹介していなければと責任を感じると同時に、親友に激しい嫉妬を抱き、親友の幸せを心から願えずにいた自分自身への激しい怒り。

彼女が志穂さんの幸せを願うのは、深い後悔故の懺悔。

「そうよ……私が志穂より先に、健さんを好きだった……！」

しばらくして落ち着くと、悠香さんは兄への想いを聞かせてくれた。


悠香さんは兄が勤めていた地方新聞社の後輩で、入社当時、兄が教育担当者だった。

初めは軽薄で不真面目（まじめ）な印象を受け、苦手なタイプというか大嫌いだったらしい。

兄はいつも飄々としていて、一見なにも考えていないような性格だから初対面の印象は賛否両論。真面目な人には煙たがられることが多かったから珍しいことじゃない。

でもある日、悠香さんが仕事で大きなミスをした際、徹夜で助けてくれたことがきっかけで誤解していたことに気づき、兄に対して尊敬の念を抱くようになったらしい。

やがて尊敬は、別の意味で特別な『恋』という感情に変わっていく。

初めて好きになった大切な人を、親友の志穂さんに紹介したかっただけなのに、紹介した結果……悠香さんの気持ちを知らない二人は惹（ひ）かれ合い、やがて付き合い始めてしまった。

それ以来、悠香さんは親友の恋人に恋をし続けていた。


「少しでも健さんの気を引きたくて、私なりに頑張ったの……」

悠香さんは抱えた膝に顔をうずめながら声を籠もらせる。

「長い髪が好きっていうから、人生で初めて髪を伸ばした。スカートが好きっていうから、スーツはパンツをやめてスカートを穿くようにして、ミュールも高めのヒールにした。お化粧は苦手だったけど、綺麗になって振り向いてもらおうと雑誌を読んで勉強したり、化粧品売り場の人に教えてもらったりした。チョコが好きだっていうから、いつも鞄にチョコを忍ばせておいて渡せるチャンスを窺ったり、バレンタインにあげたりもした――」

徐々に熱を帯びていた声が不意に落ちていく。

「だけど……健さんが選んだのは、私じゃなくて志穂だった」

それは、どれだけ苦しい日々だっただろう。

二人を祝福したい気持ちと、志穂さんに嫉妬する気持ちの板挟み。

それでも二人の結婚を祝福しようと想いを抑えていた矢先、兄が亡くなり二人が結ばれることはなく、自分が紹介していなければと自分自身を責め続けた。

「これが……私が志穂の気持ちを無視してでも幸せを願う理由」

悠香さんは『二人の幸せを心から願えなかったから』と続けた。

「あなたが悪くないのはわかってる。一人残されて大変なのもわかってる……もしあなたに大人の助けが必要なら、これからは私が代わりに力になるから志穂を自由にしてあげて！」

悠香さんは僕の腕に縋りつき悲痛な表情で訴える。

「健さんを忘れられないのは私だけでいい。今度こそ志穂には幸せになってほしいの」

こんなにも優しい人が、どうして心を痛めないといけないのか。

確かに悠香さんは心から二人の幸せを願えなかったかもしれない。

中には都合のいいことを言っていると思う人もいるかもしれない。

でも、自分の醜い部分をさらけ出してまで親友の幸せを願える人はそういない。

僕が悠香さんの立場だったら、たぶん全てを投げ出して逃げている。想いがバレているわけじゃないんだから責任を感じる必要はなく、無視することだってできたはずだ。

でも、悠香さんは逃げ出すことなく自分の想いに向き合ってきた。

今度こそ志穂さんに幸せになってほしい、その一心で。

僕みたいな子供にまで頭を下げて。

「……わかりました」

僕が掛けてあげられる言葉なんて他になかった。

「志穂さんと同居を解消する方向で話し合ってみます」

「本当に……？」

ゆっくりと頷（うなず）くと、ようやく悠香さんの顔に安堵（あんど）の色が広がる。

ずっと囚われ続けていた心が解放されたような表情だった。

「少し時間が掛かるかもしれませんが、待っていてください」

「ありがとう……」

これでいい――これがみんなにとってベストな判断だと自分に言い聞かせる。

兄にどんな意図があって志穂さんに僕を託したか、もはや知る由もない。

だとすれば優先するべきは志穂さんの幸せだろう。

少なくとも、それで救われる人が二人いる。

「ただ、一つだけお願いがあります」

「お願い？」

「兄のこと……僕の知らない兄のことを教えてください」

「ええ……そんなことなら、いくらでも」

それから悠香さんは、日が暮れるまで兄の話を聞かせてくれた。

＊

その夜、僕はどう話を切り出そうか考えながら志穂さんの帰りを待っていた。

同居生活をやめようと言ったところで、志穂さんが納得しないのはわかっている。

兄から僕を託された以上、当人の僕が同居の解消を申し出たところで、よほど納得できる理由がない限り志穂さんが受け入れてくれないのは明らか。

納得できる理由か……正直、納得させられる理由はない。

悠香さんにはああ言ったものの、理由もなければ自信もなかった。

正直に志穂さんの将来を考えてのことだと言ったとして、僕の気持ちを汲んでくれたとしても、それが志穂さんにとって同居を解消する理由にならないことはわかっている。

志穂さんも相応の覚悟で兄の想いに応えているはずだから。

「僕が未成年じゃなかったら……」

言っても仕方のないことだとわかっていても思ってしまう。

兄は生活に困らないだけのお金を残してくれたけど、お金の有無は意味をなさない。

自活力があっても、考え方が大人びていても、年齢的に子供だという事実が社会的になんの信用もないのは明らか。だから世の中には保護者という制度と考え方がある。

この家の契約だって志穂さんがいなかったら今頃（いまごろ）どうなっていたか。

自分が子供であることを今さらながら痛感する。

「悩んでいても仕方がないか……」

出たとこ勝負だとしても相談してみないことには始まらない。

気持ちを固めた直後、ソファーの隣で寝ていたちくわが不意に起き上がる。

玄関の開く音がすると、ちくわは一目散にリビングを出ていった。

「ただいま……」

帰宅した志穂さんはちくわを抱いてリビングへやって来る。

だけど、すぐにいつもと様子が違うことに気が付いた。

なぜなら志穂さんの顔に、いつもの笑顔がなかったから。

「帰ってきてすぐで申し訳ないんだけど……お話があるの」

「お話……ですか？」

志穂さんは荷物を床に置くと僕の隣に腰を下ろす。

その雰囲気から、すぐにただ事ではないと察した。

「実はね……転勤の辞令が下りたの」

「え――？」

まさかの告白に思考と共に息がとまる。

胸を襲ったのは驚きよりも不安に似た感情だった。

「いつから、どこにですか？」

震える声を必死に抑える。

自分でも驚くほど動揺していた。

「少し先なんだけど、九月一日付けで都内にある本社に」

都内……あと二ヶ月もないじゃないか。

「前にも話したけど、うちの会社……少し前から社内体制の変更でバタバタしていて、大掛かりな配置変更があるって言われてたの。私も対象者になって、七月中に部屋を決めて引っ越しの手配をしないといけないんだけど」

「そうですか……」

正直、驚きのあまり動揺を隠すことができない。

だけど良くも悪くも説得できる理由ができてしまった。

「でもね、私——」

「この生活も終わりですね」

志穂さんがなにを言おうとしたかはわからない。

でも続きを聞いたら決心が鈍ると思い、慌てて言葉を被せた。

「稔君……？」

「やっぱり……これで良かったんだと思います」

これで良かった——志穂さんに告げる以上に自分に言い聞かせる。

「前にも言いましたけど、志穂さんが僕の面倒を見る義務はありません。志穂さんには志穂さんの人生があります。だから……どうか新しい環境で志穂さんの幸せを見つけてください」

僕は精一杯の笑顔を浮かべて平静を装う。

「兄の夢のことなら心配いりません。オリオンの店長が協力してくれますし、帆乃香さんも協力者を紹介してくれます。僕が成人するまで具体的なことは進まないかもしれませんが、そこは準備期間が長くなったと思ってポジティブに考えましょう」

心にもないことを言っているせいか、胸の痛みがどんどん広がっていく。

今さらだ……今さら僕は志穂さんとの生活が大切だったと実感する。

いや、今さらもなにも、とっくにわかっていたことか。

「残りわずかな間ですけど、よろしくお願い――」

それでも偽りの家族ごっこはこれで終わり。

そう思いながら顔を上げた瞬間だった。

「あれ……？」

僕が驚くよりも早く志穂さんの口から疑問の声が漏れる。

志穂さんの瞳から、なんの前触れもなく涙が零れ落ちていた。

「どうしたんだろう……？」

志穂さんは自分でも驚いた様子で涙を拭う。

だけど涙は溢れ続けてとまってくれない。

「……ごめんなさい」

志穂さんはそう言うと、荷物を置いたままリビングを出て二階へ駆けていく。

初めて目にした志穂さんの涙。

兄が亡くなった時ですら見せなかった泣き顔。

ちくわが志穂さんの後を追いかけていく後ろ姿を、僕は呆然(ぼうぜん)と見送っていた。

志穂の日記

まさか私に転勤の辞令が下りるとは思わなかった。

私の働いている会社は全国に支店があるから、転勤はあり得ない話じゃない。

でも、これまでは地方で採用された人は地域営業職として地元に配属されて、総合職採用された人以外はよほどのことがない限り他県への移動はないとされていた。

だけど、近年進められている業界再編の流れを受けて会社も体制を一新。

今後は東京の本社に人員を多く配置して組織力の強化を図るのが目的らしい。

もちろん地方支店がなくなるわけじゃないけど、地方に残るのは家庭を持っていることを配慮された人たちで、私のように独身で家族のいない人の多くは転勤を命じられた。

断ることはできない……断るのなら方法は一つしかない。

だから辞令を聞いた瞬間に覚悟を決めた。

でも、稔（みのる）君は私の話を最後まで聞いてくれなかった。

大切なことは言わせてもらえず、稔君に終わりを告げられた。

それが稔君の優しさなのはわかってる……彼はいつだって私に気を使ってくれていた。

私がこの家に押し掛けてきたあの日から、誰より私の未来を気にかけてくれていた。

それは稔君だけじゃなく悠香もそう……みんな私に対して優しすぎる。

涙が出るほど優しくて嬉しいのに、悲しくて仕方がない。


だからだろうな……まさか自分でも泣くなんて思わなかった。

絶対に稔君の前では泣かないって決めていたのに、気づけば涙が溢れていた。

私はきっと……自分が思っている以上に稔君との生活が楽しかったんだと思う。

私が稔君を支えていかなくちゃいけないと思いながら、気づけば支えられていたのは私の方だった。いつしか私にとって、稔君が生きる理由になっていたんだと思う。

初めは無理して笑っていたのに、最近は心から笑えるようになっていたのが証拠。

私が涙を流したのは、ただ彼と一緒にいられなくなるのが寂しかったからだ。

そんな日々が終わると思うと悲しくて仕方がない。


健……私はどうしたらいい？

八話　人生の置き土産……………………

その日から、僕らの生活は一変した。

いや……正確に言えば変わったことの方が少ないんだけど、それでも全てが変わってしまったように感じているのは、僕と志穂さんの会話がほとんどなくなったからだろう。

あの夜を境に、僕らの間には明らかに以前とは違う空気が流れている。

偶然か意図的かはともかく家の中で顔を合わせる機会は減り、顔を合わせていても目に見えない壁があるような隔たりを感じながら、交わす言葉は挨拶くらい。

当然、日々の恒例行事だった志穂さんの髪を乾かすこともなくなった。

まるで離婚直前、家庭内別居をしている冷めきった夫婦のようなすれ違い生活。

食事だけは一緒に食べているけど、気まずい空気の中で箸が進むはずもなく……それでも用意してくれるだけありがたいと思いながら、今朝もリビングに降りた時だった。

「あれ……？」

いつもなら志穂さんが朝食を作っている時間なのに姿がない。

用意だけして家を早く出たのかと思ったけど、キッチンを使った様子はない。

「まだ起きてない……？」

朝は強い志穂さんが寝坊することなんて滅多にない。

嫌な胸騒(むなさわ)ぎがして二階に向かい、志穂さんの部屋の前に立つ。

「志穂さん、起きてますか？」

声を掛けても返事はなく、中の様子を窺(うかが)いながらドアを開ける。

すると、具合が悪そうな様子でベッドに横たわる志穂さんの姿があった。

「志穂さん、大丈夫ですか――!?」

声を掛けると志穂さんはゆっくりと瞳(ひとみ)を開く。

「稔(みのる)君……そっか、もう朝だよね。すぐに朝食の準備するから」

「そんなことはいいですから、横になっててください」

起き上がろうとする志穂さんをそっと制止する。

「いつから具合が悪いんですか？」

「昨日の夜から……寝れば治ると思って早く寝たんだけどな」

見るからに顔色が悪く、苦しそうに浅い呼吸を繰り返す。

失礼して額に手を当ててると思った通り熱があった。

「風邪じゃないと思う……最近忙しかったから、疲れが出ちゃったのかな」

「忙しかったのもそうですけど、今は季節の変わり目で体調を崩しやすい時期ですからね。ここ数日は寒暖差も激しかったですし。薬を持ってくるので少し待っててください」

急いで一階に降りて薬箱から解熱剤と体温計を取り出す。

コップに水を入れ、熱さまし用の冷却シートも手にして部屋に戻る。

「薬を持ってきました。少しだけ起き上がれますか?」

身体を起こそうとする志穂さんを支え、解熱剤と水の入ったコップを手渡す。

志穂さんが薬を飲み終えるとコップを受け取り、そっとベッドに寝かしつけてから体温計を渡す。熱を測っている間、志穂さんのおでこに冷却シートを張り付けて待つ。

すぐに測り終えて確認すると、三十八度と表示されていた。

「あらら……まいったな」

「今日は仕事を休みましょう」

「うん……そうする。心配かけてごめんね」

こんな時ですら志穂さんは笑みを浮かべてみせる。

心配かけまいと無理に笑顔を浮かべているのは明らかだった。

「看病させてください」

「看病って……稔君は学校があるでしょ?」

「期末テストも終わったので一日くらい休んでも大丈夫です。僕の心配はいりませんから少し寝てください。胃に優しいものを作っておくので、起きたら食べましょう」

「……うん。ありがとうね」

よほど体調が優れなかったのか、志穂さんは職場に連絡すると数分で眠りに落ちた。

僕も梓川先生に学校を休ませてほしいと連絡して志穂さんの看病を続ける。

「んんっ……」

表情を歪めながら苦しそうに声を漏らす志穂さん。

顔に滲む汗をタオルでそっと拭いてあげながら思うこと。


――僕はいったい、なにをしているんだろうか？


自分から突き放したのに優しくするなんてどうかしている。

今さら期待を持たせるような真似をするなんてよくないだろう。

「いや、そうじゃないだろ……」

体調が悪い人の看病をするのは当然のこと。

そんなことを考える方がどうかしている……この状況はむしろ、僕のせいなのに。

僕のために引っ越してきて、慣れない生活の中で気を使わせて、仕事が忙しいのに毎日朝食を用意してもらって、兄の夢を叶えるために土日も休まず出かけたり勉強したり。

今の関係がどうあれ、僕には看病をしなければいけない理由がある。

いや……こうして言い訳を探しているのもおかしな話。

一度は固めた決意が、揺らぐような気がした。

＊

志穂さんの体調は週末のうちに回復し、月曜日に仕事に復帰した。

だけど僕らの関係に変化はなく、気まずい空気が流れたままなのは変わらない。

授業中も心ここにあらず、梓川先生に怒られるどころか心配される始末。なにかあれば相談に乗るから遠慮しないでと言ってくれたけど、さすがに自己嫌悪で吐き気がする。

なにも身が入らないまま今日も一日が終わり、帰宅しようと教室を後にする。

正面玄関を出て校門へ向かっている途中だった。

「んんん～♪　みなさん、今日もきゃわいいですね～♡」

花壇の奥の方から聞き覚えのある声が聞こえてきた。

声の主が誰かなんて確認するまでもない。

「その子たちは野良猫ですか？」

「稔さん。こんにちは」

そこには猫と戯れている帆乃香さんの姿があった。

「この子たちは野良猫ではなく地域猫なんです」

「地域猫？」

「特定の飼い主さんがいるわけではなく、地域の方々が協力してお世話をしている子たちの呼び名です。飼い主を探したり、不妊去勢手術をして頭数が増えないようにしたり、そうした活動を通して管理され、地域で愛されている野良猫を地域猫と呼ぶんです」

不妊去勢手術をした猫は判別がつくように耳にV字のカットを入れ、その形が桜の花びらに見えることから『さくら猫』と呼ばれることもあると教えてくれた。

確かに、耳がカットされている野良猫を見たことがある。

「不妊去勢手術をするのは可哀想と思われる方もいらっしゃると思いますが、みだりに子猫が生まれ、不幸な子が増えてしまうことを防げると考えれば、これも必要な活動です」

確かに難しい問題だけど、そういう考え方もできるだろう。

そんなことを考えていると一匹の猫が僕の足にすり寄ってきた。

とても人懐っこく甘え上手で、地域で愛されているのが伝わってくる。

猫に手を伸ばし撫でてあげると、警戒心なく転がってお腹を見せてくれた。

「元気が出ない時は、こうして動物と触れ合うのが一番ですよね」

……さすがに帆乃香さんも気づいていたらしい。

アルバイトで顔を合わせていたから当然といえば当然か。

「仕事中も心ここにあらずで、すみませんでした……」

「誰しもそういう時はありますから、お気になさらず」

そういう時――帆乃香さんは当然、僕になにがあったのかは知らない。

それでも優しくしてくれる気遣いが、嬉しい以上に申し訳なかった。

いっそ真面目に仕事をしろと怒られた方がどれだけ楽か。

「ところで稔さん。この後、ご予定はありますか?」

「いえ、家に帰るだけですが……」

すると帆乃香さんは嬉しそうに声を上げる。

「でしたらぜひ、ご一緒していただきたい場所があるんです」

正直、とても出かける気にはなれず返答に困ってしまった。

でも、帰っても特にすることはなく気が滅入るだけ。

「わかりました。ご一緒します」

「ありがとうございます」

気がまぎれるだけでもありがたいと思った。

＊

「着きました」

学校を後にして駅に向かい、電車に乗って一駅。

そこから二十分ほど歩いて目的地に到着。

「……ここは？」

「わたしが暮らしている場所です」

案内されたのは帆乃香さんの自宅。

住宅街から少し離れた場所にある、畑に囲まれた大きな一軒家だった。

「どうぞ、こちらへ」

あまりの敷地の広さに驚きながら、案内されるままに後を付いていく。

建物は長い歴史を感じさせる古き良き古民家といった感じで、あちこちに立派な樹木が植えられている。丁寧に剪定されているのを見る限り、家主のこだわり具合が見て取れた。

広い庭には白玉砂利が敷き詰められ、さながら日本庭園のような美しさ。

倉庫には農機具があり、古くから農業を営んでいるのが窺える。

この辺りでは名の知れた地主か農家なのかもしれない。

「すごく立派なお家ですね」

「そちらは祖父母が暮らしている母屋です」

帆乃香さんは母屋の横を通り過ぎて敷地の奥へと進んでいく。

すると母屋から離れた場所に古めかしい小さな離れが建っていた。

離れと呼ぶのも少し戸惑われる、言葉を選ばずに言えば小さな小屋。

「こちらが、わたしが使わせていただいているお部屋です」

ここに来てから一つ、ずっと気になっていることがある。

あえて気にしないようにしていたけど、やはり気にせずにはいられない。

というのも、帆乃香さんはここを『自分の家』とは言わず、暮らしている場所や使わせていただいているお部屋と、まるで間借りさせてもらっているような物言いをしている。

少なくとも、この場所に愛着を持っているとは思えない口ぶり。

あえて言葉を選んでいる意味は想像に難くなかった。

「色々と察していただいていると思いますが、そのあたりは追々ということで」

帆乃香さんも隠すつもりはないらしい。

その言葉が、僕の想像を肯定しているようなものだった。

これも僕の想像でしかないけれど……帆乃香さんが僕の誘いを断った理由も、もしかしたらこのあたりの事情が関係しているのかもしれない、なんて思った。

「どうぞ、お入りください」

「ありがとうございます——ん？」

玄関を開けて中へ通された直後だった。

廊下の向こうから一匹の猫がひょっこりと顔を覗かせた。

特徴的な垂れた耳を見る限りスコティッシュフォールドだろうか。

首輪に付いている鈴を小さく鳴らしながら、まるでスキップでもするように近づいてくる。

僕の傍までくると、歓迎するように『にゃんにゃん』鳴きながら出迎えてくれた。

帆乃香さんがスコティッシュフォールドを飼っているなんて少し意外。

イメージ的に日本古来の三毛猫とかを飼っていると思っていた。

「この子の名前は？」

「のりしおといいます」

頭を撫でながら尋ねると、なんとも美味しそうな名前でびっくり。

名前のセンスはともかく人懐っこく、僕の足にしがみ付いて抱っこをせがむ。そっと抱き上げると、僕の腕にすっぽり収まって居心地よさそうにまったりしだした。

初対面でこの馴れ具合はちょっと驚き。

「ん……？」

なんて思っていると奥からもう一匹、今度は茶色い猫が現れた。

やや小さめで足が短いこの子はマンチカンかな？

「あの子も可愛い……えぇ⁉」

すると奥から大勢の猫たちが続々と玄関に集まってくる。

三毛猫にキジトラにハチワレ、他にも種類はわからないけど品のある美猫や、ちょっとおデブな猫もいて、あっという間に十四以上の猫に囲まれて身動きが取れなくなる僕。

猫の言葉はわからないけど、みんなで仲良くにゃんこ大合唱。

どうやら歓迎されていると受け取っていいみたい。

「どうぞ奥へ」

「ありがとうございます」

猫たちを踏んでしまわないようにゆっくりと家に上がる。

通されたのは台所と続いている八畳ほどの小さな部屋だった。

「すぐにお飲み物をご用意しますね」

「ありがとうございます」

帆乃香さんは荷物を置いて台所に立つ。

僕は部屋の中央にあるテーブルの前に座り、猫に囲まれながら部屋を見渡す。

女性の部屋をじろじろ見るものじゃないとわかっていても、見ずにはいられない。

なぜなら、あちこち古さは目立つけど無駄な物がなく、整理整頓された部屋だと思う反面、女子高生が暮らす部屋にしてはあまりにも質素な感じがしたから。

言い換えれば極端に物が少なく生活感のない部屋。

テレビもソファーもベッドもなく、あるのは猫のゲージくらい。

楽しむような気分じゃないと言っておきながら、帆乃香さんの家にお呼ばれしたとわかった時、初めて女性の部屋に招待されてドキドキしていなかったと言えば嘘になる。

だけど今は、とてもそんな気分じゃなかった。

「お待たせいたしました」

そんなことを考えながら猫と戯れていると帆乃香さんが戻ってくる。

差し出されたグラスを受け取ると、帆乃香さんは僕の隣に腰を下ろした。

「猫の多さに驚かれましたか？」

「はい。まさかこんなに飼っているとは思いませんでした」

帆乃香さんは口元に手を当てて小さく笑う。

僕を驚かせようとあえて黙っていたんだろう。

「順番にご紹介いたします」

帆乃香さんは猫たちの名前を呼んで順番に教えてくれたんだけど……。

聞いてびっくり、最初に紹介してもらったのりしおに続き、こんそめ、うすしお。ポテトチップスの種類で名付けているのかと思いきや、てんぷら、あげぱん、だいふく、などなど。

食べ物の名前とわかった瞬間、ちくわを紹介した時のことを思い出す。

なるほど、どうりでちくわの名前を絶賛していたわけだ。

名付けのセンスが兄と一緒。

「たくさん飼っていると、お世話が大変じゃないですか?」

「大変ですが……この子たちは、わたしの飼い猫ではないんです」

「飼い猫じゃない?」

「この子たちは保護猫で、譲渡会で里親が見つからなかった子たちです」

帆乃香さんは膝の上に乗ってきたハチワレのあげぱんを撫でながら続ける。

「譲渡会は市や保護団体の方々が定期的に開催されていますが、全ての子に里親が見つかるわけではありません。人気があるのは子猫で、成猫は選ばれにくいんです」

「じゃあ、この子たちは成猫だから貰い手がなく……?」

帆乃香さんは『成猫でも里親が見つかることはあります』と前置きして続ける。

「以前もお話しした通り、殺処分数は減りました。その結果、保護猫を預かる保護施設が足りなくなっています。いつまでも里親が見つからない子たちは行き場がなく、保護団体でも預かり切れない子たちを、わたしがこうして預かりお世話をしているんです」

こんなに可愛くて人懐っこいのに成猫というだけで里親が見つからない。

関係各所の方々も努力しているだろうに、あまりにもままならない。

「ですが、悪いことばかりではありません」

「悪いことばかりではないというと?」

「成猫だからこそ、誰かのお役に立てる仕事もあるんです。この子たちは家で飼われていた子が多く躾も最低限できていますし、なにより、ご覧の通り人に慣れています。野良猫で人を怖がっていた子も、お世話をすることで少しずつ心を許してくれるようになりました」

そこまで説明をしてもらってようやく気づく。

「前に教えてもらったアニマルセラピーって――」

「はい。この子たちを中心に行っています」

「やっぱり」

帆乃香さんは保護猫活動の一環で児童養護施設を訪ねていると言っていた。

複雑な家庭事情を抱える子供たちのために定期的に猫や犬を連れて足を運び、触れ合うことで癒やされたり、ストレスを軽減したり、心のケアに繋げるための活動。

確かに最低限の躾ができていて人に慣れていないと難しいと思う。

子猫にはできず成猫だからこそできる仕事だろう。

「アニマルセラピーを通じて触れ合うことで愛着が湧いて、成猫だとしても里親として引き取りたいという方も現れるんでしょうね。そう思うと、アニマルセラピーとして猫たちの活躍の場を作ることは、人にとってだけじゃなく猫にとっても素晴らしい機会になる」

「稔さんのおっしゃる通りです」

帆乃香さんは嬉しそうに頷いた。

「わたしは保護猫カフェと併せてアニマルセラピーの活動も広めたいと思い、今はアニマルセラピストになるための勉強中です。一匹でも多くの子が居場所を見つけられるように」

「とても素晴らしいと思います」

ぜひ一度、現場を見学させてほしいと思うくらい。

「でも、どうして僕をここに連れてきてくれたんですか？」

「今の稔さんにこそ、動物との触れ合いが必要だと思ったんです」

なんて言葉を返していいかわからなかった。

「毎日のように言葉の通じない子たちと接し、感情を読み取ろうとしているからでしょうか。猫だけでなく、人の気持ちに対しても目ざとくなってしまいました。心を見透かされるようで気持ちのよいものではないでしょうから申し訳ないのですが、稔さんが心配で……」

「帆乃香さん……」

「わたしには、稔さんが悩んでいる理由はわかりません。稔さんを傷つけず、心の奥底に秘める悩みを聞き出す術もありませんし、たいしたこともして差し上げられません。だからわたしよりも、この子たちの方が稔さんの心に寄り添えると思ったんです」

気持ち悪いなんてことはないし、たいしたこともできないなんてことはない。

こうして気にかけてくれるだけで充分だった。

「僕は……」

人に優しくしてもらうことに慣れていないからだと思う。

誰にも頼らず、何事も自分でやらざるを得ない家庭環境だったせいかもしれない。

なにより相談できる人がいなかったからだろう……見返りなく差し伸べられた帆乃香さんの優しさと、寄り添ってくれる猫たちに囲まれ、気づけば想(おも)いが口から溢(あふ)れていた。

僕と志穂さんの、兄の婚約者と婚約者の弟という複雑な関係。

兄が志穂さんに僕を託した結果、志穂さんの未来を縛っている事実。

今のままではいけないと思いながら、でも志穂さんと過ごす日々をかけがえのないものだと思い始めていたこと。矛盾した感情に戸惑っていたある日、兄と志穂さんの友人である悠香(ゆうか)さんが現れ、志穂さんとの同居を解消するように頼まれたこと。

なんて言えば志穂さんが同居の解消を受け入れてくれるか悩んでいると、志穂さんに転勤の辞令が下り、自分が望む通りの結果になったのに……なぜか心は晴れない。

むしろ同居を始めた頃よりも心中は複雑になっている。

そんなとりとめのない話を、どれくらい話し続けていただろう。

僕が話し終えるまで、帆乃香さんは兄のように黙って耳を傾けてくれていた。

「ままなりませんね……」

「本当に、そう思います……」

帆乃香さんの一言に思わず同意する。

「きっと、全員が優しすぎた結果なのだと思います」

「……優しすぎた結果？」

「三者三様の立場になって考えた時、根底にあるのは疑うべくもなく優しさでしょう。稔さんも、お姉さまも、お兄さまも、悠香さんも……全員が、お相手の幸せを願っているはず」

帆乃香さんの言う通りだと思った。

志穂さんが僕の面倒を見てくれているのは、まぎれもなく優しさだ。

兄は僕を想い志穂さんに託し、志穂さんは僕を想い一緒にいてくれて、僕が同居を解消したいのは志穂さんを想えばこそだし、悠香さんが同居の解消を求める理由も僕と同じ。

みんながみんな、相手の幸せを願っている。

「ただ難しいもので……過保護や過干渉という言葉があるように、たとえ幸せを願ってのことだとしても、行きすぎた優しさは時として、お相手のためにならないのも事実です」

そう……相手の幸せを願った結果が今の状況を生んでいる。

お互いの幸せを願っているだけなのに、みんなが胸を痛めている。

「優しさに限らず、友情や愛情もそうです。それは動物が相手でも同じことがいえると思います。私もこの子たちと接する時、愛情故に、必要以上に甘やかしていないかと自問自答することを心掛けています。言葉が通じませんから、なおさらですよね」

だけど……帆乃香さんの話を聞いて、ふと思ったことがある。

みんながみんなの幸せを願っているのだとしたら、兄が志穂さんに僕を託したのは、僕を想ってのことだけではなく、志穂さんのことも想った結果なんだろうか？

少なくとも未来を縛ろうなんて思っていなかった？

「ですが稔さん、なにも心配はありません」

帆乃香さんは両手で僕の手をそっと包み込む。

「わたしたちには言葉があります」

「言葉……？」

「言葉を尽くせば、きっと想い以上のものが伝わります」

帆乃香さんの言葉はいつになく力強かった。

「言葉を交わすことができない人と動物がわかり合えるのに、言葉を交わせる人と人がわかり合えない理由はありません。あるとすれば、心を閉ざしているからだと思います」

その一言は思いのほか自分の胸に突き刺さった。

僕は生まれてから一度でも、誰かに心を開いたことがあっただろうか？

「それに、わたしには稔さんの中で答えが出ているように思います」

「どういうことですか？」

「人が決断してもなお悩む時は、得てして望まぬ選択をした時です。事情はあれど、本心に反した選択をしなければならないからこそ、人は心を痛めるもの……」

その言葉には自身の体験を語るかのような説得力があった。

もしかしたら帆乃香さんにも、そんな経験があったのかもしれない。

「ぜひ後悔のないよう、ご自身の心と素直に向き合ってください」

帆乃香さんは穏やかな笑みを浮かべて背中を押してくれる。

「……ありがとうございます」

心が少しだけ軽くなった気がした。


その後、僕はしばらく猫たちと戯れてから帰ることにした。

帆乃香さんと猫たちに見送られながら玄関を後にする。

「もう暗いので気を付けてお帰りください」

「はい。ありがとうございます」

一歩踏み出した直後、言い忘れていたことを思い出して振り返る。

すると帆乃香さんと猫たちは不思議そうに首を傾げた。

「この前は帆乃香さんの事情も知らないくせに、一緒に夢を叶えようなんて、気安くお誘いしてすみませんでした。今にして思えば断られて当然だったと思います」

帆乃香さんは黙って首を横に振る。

「でも、やっぱり僕は帆乃香さんと一緒に夢を見たいと思っています」

今日こうして帆乃香さんや猫たちと一緒に過ごし、その想いはより強くなった。

「でも、今の僕には帆乃香さんを誘うだけの準備も理解もたりません。だから、きちんと準備をしてから改めてお誘いします。僕は諦めが悪いようなので覚悟しておいてくださいね」

やっぱり帆乃香さんは答えてくれなかったけど、今はこれで充分。

僕はそう言い残して駅に向かって歩き出す。

暗い夜道を歩きながら電車の時刻を調べようとスマホを取り出すと、一通のメッセージが届いていることに気づく。足をとめて確認すると、それは悠香さんからだった。

＊

翌日の放課後。

僕は悠香さんに呼び出され、学校帰りに霊園に足を運んでいた。

もう梅雨明けが近いのに、朝から雲行きが怪しい空模様が続いている。

朝の天気予報では『夕方以降から晴れ、明日は五月晴れでしょう』と言っていたけど、重くどんよりとした空を見ていると、とても天気予報士のお姉さんを信じる気にはなれない。

疑っているわけではなく、今の自分の心境がそう思わせるんだろう。

悠香さんは仕事を定時で上がり十八時前には着くと言っていた。

スマホを取り出して時刻を確認すると、およそ約束の時間。

霊園を進むと、お墓の前に悠香さんの姿があった。

「すみません。遅くなりました」

「気にしないで。私もさっき来たところよ」

まるで待ち合わせをしていた恋人同士のような台詞。

だけど、僕らを包む空気は決して甘くなかった。

「ありがとう」

悠香さんは不意に感謝の言葉を口にした。

「志穂から聞いたわ。転勤の辞令が下りたことも、あなたから同居の解消を切り出されたことも。転勤は私も残念だけど……二人にとっては、いいきっかけになったのかもね」

「そうですね……今日はその話をするために呼んだんですか？」

「それもあるけど、あなたに渡したいものがあってね」

すると悠香さんはバッグから一通の封筒を取り出す。

「これは……？」

「健(たける)さんから、あなたに渡すように頼まれて預かっていたの」

「え――？」

予期せぬ一言に思考がとまった。

「健さんから、あなたと志穂が一緒に暮らすと聞いた後に渡されたの。猛反対する私に『もし稔が同居を解消するって言い出したら渡してくれ』って。内容は教えてくれなかったからわからないけど、健さんはあなたへの『置き土産』だって言ってた」

「置き土産……」

差し出された封筒を受け取る手が震える。

封筒に視線を落としながら、僕の頭を疑問が巡る。

――どうして僕に渡さず、悠香さんに手紙を託したんだろう？

――どうして同居を解消するタイミングで渡すように頼んだんだろう？

いくつもの疑問が頭をよぎっては消えていく。

封を開けると二通の便箋が入っていて、一通が僕宛だった。

緊張と動揺で手が震える中、折りたたまれた便箋を開いて視線を落とす。

そこには見慣れた、でも少しだけ懐かしい筆跡で兄の想いがしたためられていた。

『稔へ
手紙で言うのも変な感じだが、元気にしてるか？

ちゃんと毎日ご飯食べてるか？　夜更かしせずに寝てるか？

稔は俺よりしっかりしてるから大丈夫だろうけど、心配くらいはさせてくれ。

さて、いきなり悠香から手紙を渡されて混乱していると思う。

疑問だらけだと思うが、順を追って説明するから落ち着いて読んでくれ。

この手紙を読んでいるということは、志穂との同居をやめると決断をした後のはず。

悠香には、稔がそう決断した時に渡してくれって頼んだから間違いないはず。

稔は、俺が志穂におまえを託したことを疑問に思っていたはずだ。

志穂の将来のことを考えれば、俺がそんなことを頼むはずがないと。

事実その通り、俺も志穂に任せるつもりはなかった……何度も『私が面倒を見る』と言われたが、その度に断っていた。理由はおまえと一緒、志穂の未来を縛りたくなかったから。

でも、最終的には志穂の提案を受け入れることにした。

なぜなら、俺が志穂に稔を託したのは、稔のためだけじゃなくて志穂のためでもある。

俺は志穂に稔を託したんじゃなくて、稔に志穂を託したくて提案を受け入れた。

つまり、おまえが志穂や悠香から聞いている理由とは真逆の理由だった。


稔には黙っていたが……志穂も俺たちと同じで家族がいない。

だから俺は、この先一人になってしまう志穂が心配で仕方がなかった。

でも志穂の提案を受け入れれば、少なくとも志穂が一人になることはない。

なにより、稔が俺の代わりに志穂を支えてくれると思ったんだ。

それなら言ってくれればよかったと思うだろうな。

それについては悪い……今この瞬間も話すべきか迷ってる。

それでも手紙で伝えることを選んだのは、俺から頼まれた義務や責任で志穂を支えるんじゃなく、できれば二人が自分たちの意志で手を取り合い、支え合ってほしかったから。

できることなら、この手紙の出番がないに越したことはないと思ってる。

でも稔は優しいからな……無理だろうと思いながら書いてるよ。


これが、俺が志穂に稔を託した理由の全て。

もうすぐ旅立つ俺が、最後におまえを一人の男と見込んで頼む。

どうか、おまえが志穂の生きる理由になってやってもらえないだろうか？

いつか志穂が自分の幸せを見つけられるまで、俺の代わりに支えてやってほしい。

もしできることなら、おまえが志穂を幸せにしてやってほしいとも思ってる。

最後に、この手紙を悠香に託した理由を話しておこうと思う。

理由は簡単、悠香が二人の同居に猛烈に反対をしているからだ。

ちょっと引くほど反対してさ、毎日お見舞いにかこつけて抗議に来るから困ったもんだけど……まぁ、可愛い後輩の文句くらい最後まで聞いてやるのが先輩の役目だろ。

そんなわけで、志穂を説得できず稔のところに行くはず。あえて悠香に手紙を託すことで、二人が同居を解消する前に間違いなく手紙を届けてもらうためにそうした。

この手紙を読んでるってことは狙い通り、今まさに目の前にいるんだろうな。

最後まで理解してもらえるように説得してみるが、理由を言うわけにいかないから難しいかもな。なにしろ、悠香が俺の言うことを素直に聞いたためしがないからなぁ……。

だからもう一枚、悠香に宛てた手紙も一緒に残しておくことにする。

そいつを目の前にいる、俺の大事な後輩に渡してやってくれ。

最後に、人生の置き土産は他にも用意してあるから楽しみにしてろよ♪

健より』

手紙を読み終えた後、しばらくなにも考えられなかった。

兄の手紙には、これまで覚えた疑問の答えが全て記されていた。

兄が志穂さんに僕を託した本当の理由。

どうして僕に理由を教えてくれなかったのか。

置き土産を志穂さんではなく悠香さんに託した意味。

そしてなにより、死してなお愛する人を大切に想う兄の気持ち。

それらを全部ひっくるめた上で、ようやくわかったことが一つある。


——僕は志穂さんに守られる立場ではなく、守るべき立場だったこと。

——僕は志穂さんに託されたのではなく、僕が志穂さんを託されたという事実。


疑問が解消されると同時に、悩んでいたのが嘘のように心が晴れていく。

「なんて書いてあったの？」

尋ねてきた悠香さんに、僕は兄から託された手紙を差し出した。

「兄から悠香さんに宛てた手紙です。読んであげてください」

「え——？」

すると悠香さんは驚きに目を見開きながら手を震わせて手紙を受け取る。

唇を噛みしめながら便箋に視線を落とすと、その瞳がみるみる滲んでいった。

「悠香さん、すみません。やっぱり僕は志穂さんと別れられません」

兄が悠香さんへなにを伝えたかはわからない。

だけど悠香さんは手紙を読み終えると、大粒の涙を零しながら頷いた。

それは兄の想いと僕らの事情を受け入れてくれた証しだろう。

「ずっと、悠香さんに伝えたいと思っていたことがあるんです」

それは二週間前、兄の月命日に伝えそびれてしまったこと。

「悠香さんは『私が紹介しなければ二人は悲しまずに済んだ』と言ってましたけど、僕はそうは思いません。悠香さんが紹介してくれなかったら兄は志穂さんと出会えず、あんなに幸せそうに逝くことはできなかったと思います。だから……」

僕は兄の弟として、言葉に精一杯の感謝を込める。

「兄に幸せな最期を送らせてくれて、ありがとうございました」

悠香さんの泣き声が霊園に響く中、黄金色に輝く西日が僕らを照らす。

気づけば空を覆っていた雲は、僕らの心のように晴れていた。

＊

霊園を後にした僕は家には帰らず、走って駅に向かっていた。

正確には駅ではなく、駅の近くにある志穂さんの勤務先が入っているビル。

兄の手紙を読み終えて全てを知った今、一分一秒でも早く志穂さんに会いたかった。

感情に突き動かされて走り出すなんて、我ながら柄にもないことをしていると思う。

悠香さんに車で送ると言ってもらったのを断ってまで走り出したのは、じっとしていられなかったからだろう。

兄の想いを知らなかった僕は、志穂さんの話も聞かずに突き放した。

だけど、知らなかったから仕方がないとは思えず、心の底から湧き上がる後悔と口の中に広がる苦み、全てを失うことへの恐怖と焦燥感が、疲れてもなお僕の足を前に進める。

次第に余計なことを考える余裕がなくなり、頭の中の雑念が消えていく。

心を覆っていた靄が晴れていくと共に強く思うこと。


――僕は志穂さんに謝らなくちゃいけない。


その想いだけで走り続け、足が痛みを訴えても走り続け、限界を迎えた頃。

僕は目的地のオフィスビルに到着した。

「着いたけど……どう、しよう……」

独り言を口にすることすらままならないほど息が上がっている。

流れ落ちる汗を拭い、震える足を押さえながら息を整え、それでもすぐには動けないほど疲弊した僕は、入り口の壁に寄り掛かりながら出てくる大人たちの姿に目を向ける。

外からエントランスの壁掛け時計に目を向けると十九時すぎ。

いつもなら、そろそろ仕事が終わる時間のはず。

「いた……」

エレベーターが何度か一階と上の階を往復した後だった。

降りてくる大人たちの中に、志穂さんの姿を見つけた。

「志穂さん――」

「……稔君？」

僕に気づいた志穂さんは驚いた様子で足をとめる。

だけど驚きから一転、その表情はすぐに困惑へと変わった。

「稔君、どうしたの――!?」

突然こんな場所に、しかも汗だくでいれば困惑して当然だろう。

志穂さんは僕のもとへ駆け寄ると心配そうに顔を覗き込んできた。

「すごい汗……走ってきたの？　飲み物を買ってくるから少し待ってて」

その場を離れようとする志穂さんの手を握って引きとめる。

思いのほか強く手を握ってしまったせいかもしれない。

志穂さんは少し驚いた様子で振り返った。

「大丈夫です……少し疲れただけなので」

「本当に？　具合が悪いとかはない？」

「はい。それよりも話したいことが」

だけど、開けた口から息だけが漏れて言葉が続かない。

伝えたい想いがあるのに、言葉があるのに喉元（のどもと）で引っかかる。

気持ちばかりが先行して言葉が追いつかないもどかしさに苛まれた。

「落ち着いて。ゆっくりで大丈夫だから」

すると志穂さんは僕の心中を察してくれたんだろう。

自分のハンカチで僕の汗を拭きながら言葉を待ってくれていた。

「………………」

こんな状況なのに、僕は不思議とほっとしていた。

僕から突き放した挙げ句、一週間もまともに会話がなかったのに。

顔を合わせるのが気まずくて逃げるように部屋から出なかったのに。

それでも顔を合わせれば、こうして以前と変わらず接してくれる。

自己嫌悪で吐き気がとまらないのに心は安堵（あんど）に満ちていた。

「……稔君？」

すると志穂さんは困惑した様子で声を上げる。

瞬間、頬を伝う妙な温もりを感じて手で拭った。

「……あれ？」

手の甲が濡れているのを見て、今度は僕が困惑の声を上げる。

もう一度拭い、ようやく僕は自分が涙を流していることに気が付いた。

「ど、どうしたの、稔君――!?」

僕以上に志穂さんが驚いてあたふたと取り乱す。

そんな僕らを帰宅する大人たちが見ていて気まずい。

「稔君、ちょっと場所を変えよう！」

志穂さんは僕の手を握り返してビルを後にする。

そのまま駐車場まで移動して志穂さんの車に乗り込んだ。

「なんか色々、すみません……」

「ううん。私の方こそ取り乱しちゃったね」

僕よりも志穂さんの方が驚いたおかげか、僕は少しだけ冷静さを取り戻していた。

あれだ、自分が怒っている時に相談した相手が自分以上に怒ったり、悲しいことがあって相談したら自分以上に悲しんで泣き出したりした時に、妙に冷静になるあの感じ。

それに、僕が涙を流したのは悲しいからじゃないのも理由だろう。

「とりあえず、落ち着ける場所まで車を移動させるね」

たぶん僕は、志穂さんの優しさに触れて気が抜けたんだと思う。

もしくは最近、色んな人の涙を見たから感化されたのかもしれない。

「せっかくだから少しドライブして行こうか」

そう提案してくれたのは、僕が落ち着く時間を作るためだろう。

その優しさが、今はいつも以上に嬉しかった。


そうして車を走らせること二十分。

僕らがやって来たのは市内で唯一の城址公園だった。

ここは桜の名所として知られ、春先になると多くの人がお花見にやって来る。

二月中旬から咲き始める河津桜を始め、枝垂れ桜に染井吉野。最後に四月中旬まで見頃が続く大山桜と長期にわたって楽しめることもあり、市内外から多くの人が訪れる場所。

今は季節外れ、特に夜ということもあって貸し切り状態だった。

「どうしてここに？」

しばらく城址公園内を散歩した後。

僕は志穂さんが足をとめたタイミングで尋ねた。

「初心に返ろうと思ったの」

「初心……ですか？」

僕が言葉を繰り返すと、志穂さんはゆっくりと頷いてみせる。

その瞳は目の前の景色ではなく、どこか遠くを見ているようだった。

「ここはね、健から稔君を託された場所なの」

志穂さんは風になびく長い髪を手で押さえながら振り返る。

「あれは健から病気を告白された後、いよいよ明日から入院ってなった日の夜。健はもう外出できないとわかっていたんだろうね……最後に二人でここに来たの。春には少し早い、寒い日だった」

遠い瞳をしているように見えたのは、過去に想いを馳せていたから。

志穂さんは兄との最後のデートの思い出を語り続ける。

「健に何度も『稔君の面倒は私が見る』って言ったんだけど、その度に断られてたんだ。『あいつは俺の弟だから大丈夫』って。なにかあった時だけ手を差し伸べてくれればいいって。私の将来を心配して言ってくれてることはわかってた」

志穂さんの言う通り、兄は志穂さんの未来のために断っていた。

自分や僕に縛られるような未来を送ってほしくないからと。

「だけど色々あってね……最後に健は、私が稔君の面倒を見ることを許してくれた。健は私に生きる意味を与えてくれた。だから、なにがあっても約束を守ろうって決めたの」

兄の手紙にも『志穂の生きる意味になってくれ』と書いてあった。

色々あって――そこに僕の知らない出来事があったんだろう。

「だから今日は……スタートラインの再確認」

志穂さんは過去に向けていた瞳を僕へ向ける。

瞳には彩り（いろど）が戻り、言葉には意志が宿る。

「今日ね、会社に退職願を出してきたの」

「え――？」

信じ難（がた）い一言だったけど、志穂さんの瞳は揺るがない。

耳を疑うこともできないくらい明確な言葉だった。

「驚いたよね」

「はい……突然のことなので」

「でもね、私にとっては突然のことじゃないの」

志穂さんはそう前置きをしてから続ける。

「実は稔君から健の夢を叶えたいって聞いてから、辞めることは考えてたの。稔君一人じゃ大変だと思うし、稔君が学生のうちに開くなら、私が代わりにやらないといけないこともたくさんある。今の会社に勤めながらは無理だから、遅かれ早かれ辞めるつもりだった」

志穂さんは『うちの会社は副業禁止だしね』と付け加える。

正直、そこまで考えてくれていたとは思わなかった。

「転勤の辞令が下りた時は驚いたけど、ちょうどいい機会だと思った。遅かれ早かれ辞めなくちゃいけないなら、今辞めればいいって覚悟が決まったの。それに――」

志穂さんは少し照れくさそうに笑みを浮かべる。

「辞めないと、稔君と一緒にいられないもの」

その瞳に迷いはなく、晴れ晴れとした想いすら感じる笑顔だった。

「だから……これからも稔君の傍にいさせてもらえないかな？」

自分の不甲斐（ふがい）なさに返す言葉がなかった。

そこまでの覚悟がある人を、有無を言わさず突き放したこともさることながら、本来なら僕が言わなければいけない言葉を志穂さんに言わせてしまったから。

今ここで僕が『わかりました』と言えば全てが解決するだろう。

わだかまりは全て消え、かけがえのない日々が戻ってくる。

「僕はずっと……志穂さんと一緒にいるべきじゃないと思っていました」

でも兄から託されたのは僕の方だと知った今、優しさに甘えるわけにはいかない。

上手（うま）く伝えられるかわからないけど、思いのままに言葉を紡（つむ）ごう。

帆乃香さんが言っていた通り、僕らには言葉があるんだから。

僕は大きく深呼吸をしてから志穂さんと向き合う。

「何度かお伝えしたように、僕は志穂さんに、志穂さんの未来を生きてほしいと思っていました。僕が一緒にいたら志穂さんは兄を忘れられないし、僕がいると志穂さんの新しい出会いの機会を奪ってしまう。そう思うと、同居を受け入れられない自分がいました」

すると志穂さんは理解を示すように深く頷く。

まるで『わかってるよ』と言うように。

「でも一緒に過ごしていくうちに、それは建前(たてまえ)になっていました。本心では志穂さんが傍にいてくれることで、どれだけ救われていたかわかりません。一人じゃ、こんなに早く兄の死から立ち直れなかった。気づけば志穂さんと過ごす日々が大切なものになっていました」

だから志穂さんに別居を告げた時、あんなにも苦しかった。

帆乃香さんが言っていたように本心と反した選択をしたから。

今だからわかる……僕は志穂さんの傍にいていい理由がほしかった。

一緒にいてはいけないと思う自分に対する言い訳がほしかったんだ。

「同居をやめようと言った僕が、今さらどの面下げて言うんだと思うかもしれません。都合のいいことを言っているのもわかってます。謝って許してもらえるなら何度でも謝ります」

でも理由も言い訳も、兄が『人生の置き土産』として残してくれた。

だからもう、迷いなく言葉にできる――。

「これからも僕と一緒にいてくれませんか？」

兄の叶えられなかった夢を代わりに叶えたい。

兄に託された美留街（みるまち）志穂という女性を支えていきたい。

「これからも僕と一緒に、兄の夢を追いかけてもらえませんか？」

兄の言葉を借りるなら、僕が志穂さんの生きる理由になりたい。

「許されるなら、僕はもう一度、志穂さんと家族をやり直したい」

想いを吐露した後、どれくらい沈黙が続いただろう。

「うん……」

しばらくすると、志穂さんは一滴の雫が零れるように呟いた。

その声は水面に広がる波紋のように僕の心に広がっていく。

「これからも……ずっと二人で頑張っていこうね」

こうして晴れやかな笑顔を向け合うのはいつ以来だろう。

同居を始めて約三ヶ月、こうして僕らは家族をやり直すことになった。

だけど――良くも悪くも、僕らの関係は大きく変わってしまったように思う。

兄の想いを知り、お互いの想いを吐露しあった今、全てが今まで通りとはいかない。

兄の婚約者と婚約者の弟という、仮初めの家族を演じていた僕らだけど……今の僕にとって志穂さんは、家族と呼ぶにはあまりにも特別な人になってしまったように思う。

——この日が僕らにとって、決して始まってはいけない関係の始まりだった。

エピローグ

Hitotsu yane no shita, ani no konyakusha to koi wo shita.

その後の話を少しすると、志穂(しほ)さんの退職はなかったことになった。

というのも、志穂さんが上司に『転勤したら亡くなった婚約者の弟を養えなくなるので辞めます』と正直に退職理由を申し出たところ、転勤の辞令を取り下げてもらえた。

会社としては、辞められるくらいなら転勤させない方がいいという判断らしい。

会社の判断としては驚きだけど、志穂さんの理解者である上司が上に掛け合ってくれたと言っていた。もちろん志穂さんが会社にとって必要な人材なのも理由だと思う。

いずれ辞めるかどうかはともかく、唯一の問題も丸く収まって一安心。

そうして迎えた七月下旬、夏休みに入って最初の土曜日。

「みなさん、集まりましたね」

その日、僕らは開店前にオリオンに集まっていた。

「それで、稔(みのる)君がみんなを呼んだ理由は教えてもらえるのかな?」

「空き時間に店長からコーヒーゼリーの作り方を教えてもらっていたんですけど、ようやく僕も同じ味を再現できるようになったんです。みなさんに味見をしてもらいたくて」

「なるほど。そういうことなら喜んで味見するけど、その前に――」

すると志穂さんは首を傾げながら隣に視線を向ける。

「どうして悠香(ゆうか)がいるの？」

そう、僕は悠香さんにも声を掛けていた。

「なによ。私がここにいたら悪い？」

「ううん。むしろ来てくれて嬉(うれ)しいよ」

「僕が来てくださいってお願いしたんです」

「そうなんだ。でも、稔君と悠香って面識あったかな？」

「「あっ……」」

思わずギクリ、僕と悠香さんの気まずい声が重なる。

「あれよ、ほら。健(たける)さんのお葬式で顔を合わせてるから」

「そうそう。その時にご挨拶(あいさつ)をさせてもらって――」

「あの時は二人が話す時間はなかったと思うけど」

「「…………」」

こんな時に限って勘が鋭い志穂さん。

「まぁまぁ、お姉さま。味見は人が多いに越したことはありませんから」

なんとなく空気を察してくれた帆乃香(ほのか)さんが場を和ませて軌道修正。

こういう時の帆乃香さんの気遣いはありがたいことこの上ない。

「そうだね。じゃあ、さっそく食べさせてもらおうかな」

「はい」

僕はみんなの前にコーヒーゼリーの入ったグラスを並べる。

各々スプーンを手にし『いただきます』と声を揃えてから口に運ぶ。

「おや？」

最初に疑問の声を上げたのは帆乃香さんだった。

「稔君には悪いけど、これは健さんのコーヒーゼリーじゃないわね。でも……」

「私も違うと思う。でも、これ……健のコーヒーゼリーより美味しい？」

志穂さんの言葉に、悠香さんと帆乃香さんは同意するように頷く。

三人のリアクションを見て思わず口角が上がる僕。

「初めて兄が作ったコーヒーゼリーを食べた時、確かに美味しいと思いました。これまで食べたコーヒーゼリーの中で一番……でも、兄の好みとは違うような気がしたんです」

それは、ほんの些細な違和感だった。

確かに兄好みの味に近いけど、言い換えれば近いだけ。

「あのコーヒーゼリーは水で長時間抽出することでコーヒー感を強く出しつつも、油分を抑えて苦みや渋みのクセを少なくしています。ミルクや生クリームを合わせることで口当たりもまろやかにしていますけど、兄の好みはもっと甘いコーヒーのはずなんです」

「確かに……健さんはチョコが大好きだったものね」

悠香さんの言う通り、兄が無類のチョコ好きなのは親しい人なら知っている。

「だから店長に当時の話を聞いたんです。すると、まだ高校生だった兄は、オリオンの客層に合わせて『大人が楽しめるデザート』というコンセプトで試作品を作っていました。だから自分の好み以上に、お客様が好む味にこだわって完成させたそうです」

結果、コーヒー感を強くした甘すぎない一品に仕上がった。

豆も自分の好きな物ではなく、オリオンで人気の物を使っていた。

「でも僕は、兄の作ったコーヒーゼリーを子猫日和の看板メニューにするなら、兄が好きな味に改良したいと思ったんです。つまり、もっと甘く、子供も美味しいと思える味に」

そして店長に手伝ってもらい完成させたのが、このコーヒーゼリーだった。

「でも、健のコーヒーゼリーとなにが違うの？」

志穂さんは気になって仕方がないのか食い気味に答えを求める。

「答えはすでに、悠香さんの口から語られています」

「私の口から……？」

悠香さんは一瞬目を伏せると、すぐにハッとした表情を浮かべた。

「これ、砂糖の代わりにチョコを入れてる？」

僕は笑みを浮かべながら首を縦に振る。

「砂糖の代わりってどういうこと？」

不思議そうに首を傾げる志穂さんに、悠香さんから兄が職場でコーヒーを淹れる時、砂糖の代わりにチョコを入れて飲んでいたと教えてもらったことを伝える。

兄は一時期なんにでもチョコを掛けて食べるようになって注意したんだけど、家でやると僕に怒られるから、職場でコーヒーを飲む時だけのお楽しみにしていたんだろう。

その様子を見る限り、志穂さんも知らなかったらしい。

「そっか……健らしいな」

志穂さんは穏やかに微笑むと、もう一度コーヒーゼリーを口に運ぶ。

「うん……すごく美味しい。きっと健もそう言ってくれると思う」

梅雨が明けて夏本番、今の時期にぴったりの看板メニューが完成したのだった。


その日の夜、僕は帰宅するとすぐにコーヒーゼリーを作り始めた。

同居翌日にショッピングモールで買ったグラデーションカラーのグラスに入れて三つ作り、僕と志穂さんの分と、もう一つを兄の仏壇にお供えしてから三人でいただく。

そんな僕らの隣で、ちくわが羨（うらや）ましそうに『うにゃうにゃ』鳴いていた。

あとがき

みなさん、こんにちは。柚本悠斗（ゆずもとはると）です。

ご存じの方もいると思いますが、今月、同じGA文庫から刊行していた小説版『クラスのぼっちギャルをお持ち帰りして清楚系美人にしてやった話』が無事完結したのですが、こうして同月、新シリーズ『亡兄の婚約者』を発売する運びとなりました。

今作を手に取ってくださった方の中には『ぼっちギャル』の読者の方もいるかもしれませんが、はじめましての方も、そうでない方も、ぜひ今後ともよろしくお願いします。

さて、今作は兄を亡くした少年が、兄の婚約者だった女性と恋をする物語です。

言い換えれば、大切な人を亡くした者同士、同じ痛みを抱える二人の恋物語です。

その関係性はとても微妙で複雑で、決して恋をしてはいけないわけではないけれど、お互いに思うところはある――読者の皆様から見ても『背徳的』な物語に映ると思います。

そんな同じ哀しみを知る二人が、お互いに葛藤を抱えながらも歩み寄り、やがてハッピーエンドへ至る純愛物語――その過程を楽しんでいただければと思っています。

禁断の恋ではないけれど、だからこそ複雑に絡み合う思いと想い。

純愛は純粋すぎる故に障害が多く、多いほどに燃え上がるもの。

ぜひ稔と志穂の恋を応援してもらえると嬉しいです。


ここからは関係各位への謝辞です。

まずはイラストをご担当いただいた木なこ様。

この作品をお願いするにあたりイラストレーター様を探していた際、木なこ様のイラストを拝見し、この方であれば志穂の魅力を最大限引き出してくれるのではないかと思いました。

その直感はカバーイラストを拝見した時に、間違いなかったと確信に変わりました。

自分のイメージを遥かに超える理想的なデザインに思わず見惚れました。

これからも稔をはじめ、ヒロインたちをよろしくお願いします。

一緒に亡兄の婚約者を盛り上げていただけると嬉しいです。


他にも担当編集のジョー氏、編集部の皆様、先輩作家の皆様。

この作品を世に届けるにあたり、関わっていただいた全ての皆様。

なにより手に取ってくださった読者の皆様、ありがとうございます。

また次巻でお会いできれば幸いです。

ファンレター、作品の
ご感想をお待ちしています

〈あて先〉

〒105-0001
東京都港区虎ノ門2-2-1
ＳＢクリエイティブ（株）
GA文庫編集部 気付

「柚本悠斗先生」係
「木なこ先生」係

本書に関するご意見・ご感想は
右の QR コードよりお寄せください。

※アクセスの際や登録時に発生する通信費等はご負担ください。

https://ga.sbcr.jp/

ひとつ屋根の下、亡兄の婚約者と恋をした。

発　行　　2024年4月30日　初版第一刷発行

著　者　　柚本悠斗
発行者　　出井貴完

発行所　　SBクリエイティブ株式会社
〒105-0001
東京都港区虎ノ門2-2-1

装　丁　　AFTERGLOW

印刷・製本　中央精版印刷株式会社

ISBN978-4-8156-1959-6
Printed in Japan　　GA文庫

試読版は
こちら!

試読版は
こちら!